记忆里的芬芳

JIYI LI DE FENFANG

王籽月　著

陕西新华出版

太白文艺出版社·西安

图书在版编目（CIP）数据

记忆里的芬芳 / 王籽月著. -- 西安 ： 太白文艺出版社，2024.4（2025.3重印）
ISBN 978-7-5513-2586-8

Ⅰ. ①记… Ⅱ. ①王… Ⅲ. ①中国文学－当代文学－作品综合集 Ⅳ. ①I217.2

中国国家版本馆CIP数据核字(2024)第054369号

记忆里的芬芳
JIYI LI DE FENFANG

作　　者　王籽月
责任编辑　葛晓帅
版式设计　建明文化
出版发行　太白文艺出版社
经　　销　新华书店
印　　刷　三河市双升印务有限公司
开　　本　880mm×1230mm 1/32
字　　数　191千字
印　　张　10
版　　次　2024年4月第1版
印　　次　2025年3月第2次印刷
书　　号　ISBN 978-7-5513-2586-8
定　　价　68.00元

如有印装质量问题，可寄出版社印制部调换
联系电话：029-81206800
出版社地址：西安市曲江新区登高路1388号（邮编：710061）
营销中心电话：029-87277748 029-87217872

序 一

　　这本《记忆里的芬芳》，是南京师范大学相城实验小学六年级（1）班王籽月同学从她的1700余篇作品中摘选出来的作品集。这部作品集，融儿童诗、散文、童话等多种体裁于一体，反映出一名尚在童年的孩子对阅读、对写作的喜爱，也反映出她对生活的热爱。读着笔尖下童心跳跃的文字和故事，我感到十分欣喜和欣慰，甚至感到惊叹。

　　首先让我欣赏的是王籽月对于写作的喜爱和坚持。从一年级到六年级，她几乎每天坚持写作，已用完40多个作文本，写作已经成为小小的她日常的习惯。但她并不以此为苦，而是以此为乐，这是何等可贵的坚持，也是值得肯定的爱好。这种可贵的坚持，已内化为一种生命的品质，令人赞赏。

　　这部作品集，非常鲜明地显现出这名小作者可爱的童心，语言充满童趣，处处反映了生活之美、亲情之美和学校生活之美。这些体裁和内容多样的作品，都来源于王籽月的真实生活，写出了对于生活的观察和感受。其中有不少篇目写她和母亲、姥姥之间的亲情故事，写得很俏皮，很有亲情味，令人艳羡她所成长的家庭氛围。同时，这也反映出家庭环境对于孩子成长的重要性。

这部作品集，也反映出这名小作者与同龄者相比，有着较为丰富的生活经历和阅读积累。作为一名蒙古族的小姑娘，她曾在祖国的边疆生活过。她跟随家人游览风景名胜，每到一处，都用童心感受，用童言记载和描述，读来别有风味。从不少作品中可以看出她很熟悉名著中的故事与人物，这反映了她有着良好的阅读习惯，已经阅读了一定量的中国名著。多彩的生活和广泛的阅读，都成为她写作的素材，也内化成她的文学爱好和语言素养，这也是值得称道之处。

在历任班主任、任课老师和同学们心目中，王籽月是一名性情开朗、积极向上、活泼机灵的小姑娘，一名品学兼优的好学生。她生活着，记录着，用善于发现美的眼睛观察世界，用敏感的心灵体味生活，这是多么幸福的生活状态。期待可爱的王籽月同学创作出更多更优秀的作品。

南京师范大学教育科学学院教授
南京师范大学相城实验小学专家指导组组长

张乐天

序 二

　　籽月是个古怪精灵的小女孩。你看她的名字，可以说她仿佛一颗种子（籽），正发芽生长；也可以说她洁白如月（月），晶莹剔透的，冰雪聪明。

　　籽月从一年级开始写作文，写了6年，坚持了1600多天，如今她从这些作文中选出了一些精品结集出版。书中收集了她小学阶段的文字，看她如何用自己的足迹，走过小学的岁岁月月。

　　王籽月6岁开始写诗。

　　那年，她的诗歌很具象，在《有趣的数字0》中，0在妈妈那里是手表，在姥爷那里是鸡蛋，而到了哥哥那里就变成了游戏币；在弟弟那里是弹力球，在姐姐那里是珍珠，在妹妹那里则是巧克力；有意思的是，她写到在自己那里，0成了水晶球。从中，我们大概可以猜想到她全家的爱好和习惯，每一样都符合当事人物的个性。

　　9岁时，她写姥姥很"麻烦"，写自己的男朋友（作业）

和哆啦 A 妈，还写了小书虫。学会用比喻了。

10 岁那年，她的诗可爱起来了，无论是《忧愁》《夜晚》，还是《风》，显得那么柔美、善解人意。尤其是那首《月亮》，仿佛可以看到画面：小船一样的月亮是银白色的，女孩坐在上面钓星星、弹竖琴……我特别喜欢她的表述。

五年级的时候（11 岁），她写下的两首诗，《绿》和《秋天的信使》，表达了她对大自然的敬畏之心。她写道：绿哇 / 早点退去吧 / 好让红枫 / 早点满枝头。（《绿》）一片一片绿色的银杏叶 / 如同披上黄衣的蝴蝶 / 优雅地飞落 / 金黄的菊花争相开放 / 俏丽的枝头生出烈火。（《秋天的信使》）籽月渴望大自然赶紧变换颜色，犹如疫情中人们渴望光明一般。

而六年级（12 岁）的时候，她的文字里有了俏皮和幽默，比如《空房间里的光》，她用了拟人的方式写了一个叫"三幸"的老房子，写了三幸的 3 位主人，而三幸最喜欢小主人。一开始讨厌小主人的哭声和尿布的味道，最终接受了小主人，盼望着小主人每年寒暑假可以来家里和三幸玩耍。值得一提的是，文中多次用到一些有意思的词语，比如，三幸被改造了，从鸽子笼里的"老宅"变成时尚的"单身公寓"；从一个穿着花袄的"土气小姐"变成时尚杂志里的"气质女郎"……这一类描述在作品中多次出现，由此，可以看到籽月的成长和进步。

她不断用作文来强化自己的文字功底，不断修炼自己对生活的热爱，你可以在这本书中看到很多关于妈妈和姥姥的描写，看到关于大自然的描写，看到小作者的细致观察。所以，阅读起来不觉得枯燥，也不乏味。

有关命题作文，我们大多会采取批评的声音，但这本书却显示出籽月的特别，疫情三年，她完全靠想象，不仅展现了女孩的想象力和语言编辑能力，而且展现出她坚持写作的勇气和信心。这些，我觉得尤为珍贵！

很喜欢这个叫糖糖的小女生，喜欢她清爽的文字，喜欢她的随心所欲，喜欢她面对生活的自在和潇洒，喜欢她很多的面。

这个在情人节出生的女孩，以她的才情和晶莹剔透不断努力。祝愿她的未来含苞盛放，有更多美好的文字展现给大家。

少年儿童出版社副总编辑、编审

目 录

🌱 四年级　作品

六年级　作品

时光印记

一年级 作品

记得 6 年前刚入学时的小糖糖是那么的乖巧可爱，转眼间就小学毕业了。翻开她的这本作文集，里面记载的每一篇作文都是一个美丽的故事，字里行间，是成长的声音，是生命拔节的声音。这些作文，可能文笔还有些稚嫩，但是真实记录了她成长的经历，记录了她经历的每一次成功、每一次挫折，记录了她身边的人、走过的路、她的梦想，也嵌入了许多回忆的味道。

光阴流转，童年倏忽而过，文字不会随着回忆而褪色。将这些文字和更多的人分享，和自己清谈。相信你会和我一样，在她的文章中闻到时光甜美清淡的气息，回想起那些点点滴滴的童年趣事。

——乌鲁木齐市第十五小学 2017 级（2）班班主任　王莉

夏天在哪里

夏天在哪里

夏天在天上

天上鸟儿叫

夏天在哪里

夏天在水里

水里鱼吐泡

夏天在哪里

夏天在沙滩

沙滩堆沙堡

夏天在哪里

夏天在公园

公园真热闹

夏天在哪里
夏天在家里
家里吹空调

夏天在哪里
夏天在脸上
脸上哈哈笑

2017 年 7 月 5 日

有趣的数字 0

在妈妈眼里

0 就是手表

每次都说：还有五分钟

在姥爷眼里

0 就是鸡蛋

为我做出营养早餐

在姥姥眼里

0 就是地上的井盖儿

总是让我绕着走

在哥哥眼里

0 就是游戏币

在游戏机里抓娃娃

在姐姐眼里

0 就是珍珠

串成项链真漂亮

在妹妹眼里

0 就是巧克力

吃在嘴里真甜啊

在弟弟眼里

0 就是弹力球

弹来弹去真有趣

在我的眼里

0 就是水晶球

里面藏着姥爷对我满满的爱

2017 年 7 月 12 日

秋天在哪里

秋天在树上

树上叶子黄

秋天在地上

地上蚂蚁忙

秋天在厨房

厨房做补汤

秋天在身上

身上加衣裳

2017 年 11 月 10 日

有趣的数字 1

在姥姥眼里

1 就是棍子

可以教训不听话的我

在姥爷眼里

1 就是鱼竿

可以钓上大鲤鱼

在妈妈眼里

1 就是根针

可以为我缝扣子

在我的眼里

1 就是铅笔

可以写字、画画

2017 年 11 月 22 日

比尾巴

谁的尾巴粗

谁的尾巴细

谁的尾巴好像一束大辫子

袋鼠的尾巴粗

老鼠的尾巴细

马的尾巴好像一束大辫子

谁的尾巴翘

谁的尾巴卷

谁的尾巴好像一根针

蝎子的尾巴翘

小猪的尾巴卷

蜜蜂的尾巴好像一根针

2017 年 12 月

○ 二年级 作品

　　籽月，你是一只活泼开朗、自信乐观的百灵鸟，"星火班"也因为你的加入而变得更加耀眼。热爱写作的你用文字传递着自己的细腻心思和真情实感，同时也传递着快乐和正能量。每每阅读你的文章我都会被深深打动，也被你那灵动的写作深深折服。愿你像那小小的溪流，在写作这条路上一路跳跃，一路奔腾，勇敢地奔向浩瀚的文学海洋……

　　　　——南京师范大学相城实验小学星火班五（1）班主任　孙敏霞

你是我的小天使

"妈妈，我从哪里来的呀？"

"你从天上来的。我来讲讲你的故事：爸爸妈妈有一次到天上去，一位仙女说：'来挑一个小天使吧。'我们看了正在玩滑梯的小天使、在游泳的小天使……其中，爸爸妈妈看中了坐在滑梯旁的小天使，之后就生了你。"

"妈妈，你和爸爸也是在天上被姥姥姥爷、爷爷奶奶选的吗？"

妈妈点了点头。我明白了她的意思，原来我就是小天使。

妈妈坐在沙发上看电视，我跑到她跟前说："妈妈，你以后还会回到天上吗？"

"是的，如果妈妈不在了，就飞回天上变成小天使。"

"妈妈，如果我不在了，也要飞上去找你们。"

"可是那个时候我们已经在地上了。"

"没关系，到时候我就坐在滑梯边儿，等你们来选我。"

2019 年 3 月 8 日

两位老师是一个妈妈生的吗

今天放学一回来，我就问："妈妈，问你个问题。"

我把妈妈拉到书房，神秘地问："两位老师是一个妈妈生的吗？"

"说什么？你再说一遍？"

"两位老师，是一个妈妈生的吗？"

"什么意思啊？"

上语文课的时候，老师说："大家安静！我接下来要讲的内容大家一定要注意听！……我看谁还说话？……我看看哪一组表现得好？……今天的作业共有以下几项，同学们要记清楚……"

上数学课的时候，老师说："大家安静！我接下来要讲的内容大家一定要注意听！……我看谁还说话？……我看看哪一组表现得好？……今天的作业共有以下几项，同学们要记清楚……"

两位老师在课堂上除了教学的内容不一样，其他说的内容基本一样！不是说双胞胎才会有一样的语言和动作吗？我们语文和数学老师很多地方都一样，就连布置的作业数量每天基本都是一样的。

你说这两个老师是不是一个妈妈生的呢？

2019 年 3 月 12 日

重返《西游记》

今天，我要带你重返《西游记》。目的地：夏塔！

我们来到夏塔丝路古道，旁边有水草丰美的湿地，这里牛羊成群、骏马奔腾、雄鹰展翅，风景如画。

过了湿地就是一片花海，大部分的花都昂首挺胸地向别人炫耀，还有一些花会羞答答地低下她那红红的小脸蛋。

我们来到了夏塔，我看到了一条奶白色的河，我问叔叔："叔叔，这条河叫什么名字？"

叔叔笑着说："这不是河，是洪水。"

"什么，洪水？洪水不是土黄色的吗，为什么你说的这个洪水像牛奶一样？难道是这里牛羊多得会发'奶洪水'？"我惊讶地问。

"这可不是牛羊产的奶水！这是雪水融化变成的洪水。因为山上没有泥土，所以不会是土黄色。这座山上都是石头，石头上有白色粉末，雪水冲下来，白色的粉末混入水中就变成了奶白色。"

伴着奶白色的洪水，我们来到了第一站：神龟石。传说唐僧西天取经途经通天河时，一只乌龟帮助了唐僧师徒渡河，唐僧答应帮它升天做神仙。但是后来唐僧一心只想着取经，却忘记跟佛祖说让乌龟升天做神仙的事。取经归来，乌龟再次帮他们渡河时发现唐僧没有信守诺言，乌龟很生气，把唐僧师徒丢入河中，从此游山玩水去了。等到它游到了夏塔，被这里的风景所陶醉，悟道升天，凡身化为巨石，保护着夏塔的生灵。

谁为流沙数流年，化作倾城美上面。我们第二站是流沙瀑布。由于泥石流和山体碎石形成了三道金色的流沙瀑布。传说这里是孙悟空三打白骨精的时候，白骨精坠落的地方。

这次的旅行，感觉自己变成了玉兔仙子，也参与到《西游记》中。不光是来看风景的，更是来听故事的。这里还有很多西游故事，若你也想听，就来夏塔吧！

2019 年 8 月 13 日

火车上的骗局

凌晨 1 点整，火车的鸣笛声打破了站台的宁静。

我趴在火车站候车区的座椅上完成今天的写作。火车的鸣笛声迫使我停止了写作，匆匆停了笔，装好东西，跟着姥姥、小姥姥、妈妈和嘉胤表哥有序地进入检票通道。我想上了火车后快快写完就可以和表哥玩了。我问妈妈："妈妈，上了火车后，我快快写完，可以玩吗？"妈妈温柔地笑着说："写完了当然可以玩啊。"我高兴极了。

上了火车，我们包揽了一个"无门小包厢"，妈妈他们在收拾行李，我立刻拿出没有写完的作文开始继续写。

火车开了，我的笔尖也跟着火车晃着，本来整洁漂亮的作文本，已经变成了抽象派的画纸，纸上的字估计也只有我能看得懂。还没有写完，车厢里就熄灯了，妈妈也不知到哪里去了。表哥和手机上的闪光灯融为一体，成了一个"人肉台灯"。在他的帮助下，我很快就写完了。

终于可以玩了！表哥和我一起欢呼着。这时妈妈出现了，她对我们说："现在都熄灯了，公共场所你们要安静。""那你答应我的，写完就可以玩，对吗？"我急切地问妈妈。

"当然可以啊！你们要先把其他客人哄睡着了就可以玩了。"妈妈悄悄地说。

"哄睡着？他们都是大人，为什么要我们哄？"

"大人们不睡着，你们玩游戏，万一声音大他们就会训斥你们。如果他们睡着了就听不到你们说话了。"妈妈对着我的耳朵悄悄地说，说完还对我挤了一下眼。

我觉得她说的有道理，于是我就在下铺和她一起躺下了。我感觉躺了很久了，睁眼问妈妈："妈妈，他们睡着了吗？""好像还没有，你再闭眼睛假装睡会儿，把瞌睡虫传给他们，他们就睡着了，你就可以玩了。"我使劲儿闭着眼睛。

又过了一会儿，我又问妈妈："他们睡着了吗？""还没有。"

"呜——呜——"不知过了多久，我被火车的鸣笛声吵醒了。是开灯了吗？不对！天大亮了！我们该下车了！我急哭了，我问妈妈："火车都到站了，我都玩不了了。"妈妈无奈地说："我看其他大人都睡着了，就叫你起来玩，可是怎么叫都叫不醒啊！"我看了看睡在中铺的表哥，他到现在还在打呼噜呢！

　　都说火车上的骗局多，看来我也碰上了。

2019 年 8 月 21 日

　　籽月对写作充满热情，这种风雨无阻的坚持已经将每日写作变成了像吃饭、睡觉一样必不可少的生活习惯，这样的坚持令我折服。在你质朴的作品中，我能够感受到你的创造力和独特思维的力量。你的文字充满了生动的细节和有趣的想法，能够让读者感受到你的独特视角和思考方式。你的文笔有一种独特的魅力，能够让人沉浸在其中，无法自拔。希望你能够保持对写作的热情和坚持不懈的精神，继续在写作的道路上不断探索和成长。相信你一定会取得更加出色的成绩！

　　　　　　——苏州科技城外国语学校六年级（9）班语文老师　张会青

此君晚霞

自在楼中望天边

晚霞美如君此面

霞染橙黄晚白云

此君晚霞美如晨

2019 年 9 月 8 日

特殊的"客人"

对于杰瑞来说，奶酪是美食；对于汤姆来说，鱼干是美食；对于妈咪来说，火锅是美食；对于我来说，嗯，我不告诉你！

今天，我家来了两位特殊的"客人"，他俩都穿着大大的青色铠甲，八条小腿，两个大钳子。我热情地招呼它们，把它们放在了它们喜欢的水池中。我原本想和它们成为朋友，好好地照顾它们。谁知道，它俩用那双绿豆眼瞪着我。就这样，我们三个"大眼瞪小眼"。这两位"客人"一点儿也不客气，好像在说："你不就是眼睛比我的眼睛大嘛，可是，你有钳子吗？"说着，还把钳子举过头顶向我示威。来而不往非礼也，我也以"礼"还"礼"，说："嗯，你俩穿青衣不好看，我觉得穿红袍比较好。"

等两位"客人"换了红袍之后，确实老实多了，大钳子也不动了。我左看看右看看，还是有一点儿不满意："看来红袍也不适合你们，还是扒掉衣服好看，让我来帮帮你们吧。"

就这样，两位"客人"的衣服被我扒光光了。

这两位"客人"就是我的美食。

2019 年 11 月 12 日

网兜和布袋

有一只装了 3 公斤核桃的网兜和一只装了 13 公斤花生米的布袋相遇了。

网兜翻翻白眼，说道："哟，这不是布袋老兄吗？你瞧瞧我装的东西又大又圆，多厉害啊！以后你要听我的！"

布袋只是笑了笑，没有说话。

"你装的东西太多了，布袋都快撑破了，要不我帮你装一些吧。"网兜高傲地说道。

"不用了，谢谢。"

网兜拿了一块玻璃碎片，把布袋的右边划了一个小口子，有几颗花生米探出了脑袋，眨巴眨巴眼睛，目不转睛地看着网兜。

布袋生气了，说："不许打我花生宝贝的主意！"

就在布袋补洞时，网兜又把布袋左边划了一个口子，几颗花生米又探出了小脑袋，网兜大叫："你把花生米都捂得不能呼吸了！你应该给它们自由才对！"

布袋双手捂住两个洞说道："我的地盘我做主，关你啥事！"

网兜一手拿喇叭一手拿针线，大叫："我是大好人！布袋破了！我要为你补一补，我是个大好人！"

"我虽然破洞了，但没有漏出花生米！你再看看你的洞，千疮百孔了，掉了多少核桃连你自己都不知道吧！"

这就是布袋和网兜的故事。

2019 年 12 月 6 日

秋天的树叶

　　一阵阵秋风吹来，吹黄了稻谷，吹熟了苹果，吹来了落叶。

　　秋天时节，最引人注目的要数枫树。枫树的叶子红艳艳的，仿佛一团团正在卖力燃烧着的火，有些枫树的枝干弯曲了，但仍然美丽炫彩，就像一条摇头摆尾的大鲤鱼，在"秋海"中上蹿下跳。还有的一大一小，看上去像慈爱的妈妈在给孩子讲故事呢！

　　为了与枫叶比美，银杏叶也不甘示弱，亮出了金黄色的舞裙，在秋风中跳着舞。

　　你看，秋姑娘的彩色纱裙飘起来了，那彩色的纱裙不就是那些彩色的树叶吗？

　　　　　　　　　　　　　　　　　　2019 年 12 月 9 日

心　情

开心之情是欢快

哭泣之情是所伤

昨日已战

今日而欢

欢快短短

而哭泣之所悲哀

2019 年 12 月 13 日

时间的流入

十二时辰，不同之名

二十四时，何以为时

时间流入，时间流出

都与我所，于君有关

为才一时，其以三晨

理所当然，我不何以

可时和晨，我所不知

不所不知，我心有时

不所不知，我心有晨

为何儿童，与所不知

是因时间，流入流出……

2019 年 12 月 13 日

冰树林子

从前，在地球的最北处，有一个冰树林子，在冰树林子里有很多的小冰屋和雪树，里面住着小兔、北极熊和雪豹等动物，大家在这里生活得非常快乐。

近日，冰树林子里发生了一起凶杀案。这案子一出，冰树林子的居民都人心惶惶。一连几天，又连续出现多起凶杀案，这让冰树林子王国不安起来。

宫中的王座上，雪豹夫妇也手忙脚乱，正组织所有士兵出动调查。

突然，一个极小的声音说："报告国王陛下。"王后被这个声音吓了一跳，定神后发现，原来是飞行一中队队长小青鸟。"怎么了？"雪豹国王问。

"请求支援……我们……飞行一中队……全体……全体伤亡，现已查清……行凶的是……是……北极熊，只不过，北极熊……小心！王后！"小青鸟队长还没说完，只见一头巨大的北极熊走了过来，它竟然说是来自首的。于是，所有人就把北极熊捉走了。小青鸟队长就去医院里养伤了。

等到大家都睡着后，小青鸟队长睡不着，想出来走走，突然，它发现两双亮闪闪的眼睛在夜里游动。

"啊！"一声惨叫，又一起凶杀案发生了，杀气弥漫了整个冰树林子。小青鸟队长疑惑："北极熊不是抓到了吗？"这时它悄悄地跟了上去，天哪！原来北极熊不是凶手，真正的凶手竟然是国王夫妇！

2019 年 12 月 25 日

"长生不老"的姥姥

我的家中，姥姥的头发特别黑，差不多跟我的头发一样乌黑。

过了很久很久，姥姥的头发变白了许多，姥姥看着自己苍白的头发说："我怎么变老了啊！哦，天啊！满头白发，我看不下去了！染发剂快出动！"

咚！一盒超大号的染发剂上场，姥姥就像机器人附体，迅速地染着头发。

当我再一次看见姥姥的时候，我就问："阿姨您好，请问您找谁啊？"

"我回家。"姥姥一本正经地说道。

"您走错家门了，这里是 502 室，您在哪个房间啊？"我说。

姥姥得意地晃着脑袋，笑着说："我就住 502 号，我是你的姥姥呀！"

　　这染发剂太神奇了，姥姥变得很年轻，我用手摸着下巴，笑着点头道："嗯，不错不错，像一位阿姨。"

　　我想：如果姥姥一变老就用染发剂，是不是就可以长生不老了？于是，我给姥姥起了个绰号：长生不老的姥姥。

2020 年 1 月 22 日

糖糖姥姥

虾兵蟹将来拜年

　　新年到，齐欢笑。过年了，家里人都团聚了。姑姥为了迎接我，特地准备了一大盆海鲜，我开心地趴在水池旁看着池子里的海鲜。

　　最先看见的是虾小兵和蟹大将。妈妈拿起虾小兵，左看看右瞅瞅，虾小兵也是左扭扭右扭扭，胡须乱舞，吓得我连连后退，一屁股坐在了地上。

　　妈妈又把螃蟹放在地上，没想到，螃蟹挥舞着钳子，在地上横冲直撞。

　　"天哪！龙王派虾兵蟹将来给我们拜年啦！"正说着，小贝壳也活跃起来，一个红袋子里的小贝壳兵们从它们的贝壳缝中吐着泡泡。

　　龙王派来的虾兵蟹将贝壳鲤鱼们和我们一起快乐过大年。

　　　　　　　　　　　　　　　　2020 年 1 月 23 日

屁，你好！

屁，虽然难听，但屁乃人身之仙气，岂有不放之理？

屁是个淘气的"主任"。比如说，今天我一连放了好几个屁，我对屁主任说："主任啊，求你不要再派屁小兵了，好吗？"可是屁主任把我的劝说当成了耳旁风。哼！

有时候，屁小兵也是武器呢！有一次，小猫钻入我的被子，抓到了屁主任，屁主任气哄哄地用"五雷轰顶"法制作了一个"臭气足球"，也就是一团屁。"臭气足球"冲着小猫鼻子就飞了过去。"拜拜，Cat！"

小猫一摇一摆地下了床，像喝醉了一样，应该是"上头了"。

屁——猫不喜欢，但屁确实是一个好"领导"。每当我放屁后，总会有屎听指挥，完成屁领屎至的任务。俗话说："风是雨的头，屁是屎的头。"

作为一个美丽的小女孩，我知道说屁很不文雅，但请问：又有谁不放屁呢？

2020 年 2 月 11 日

我要战士归来　不要天使离去

　　每天早晨起床，妈妈都会关注疫情动态，姥姥也看着新闻，连"学习强国"也不再是大人的专享，我每天都上"学习强国"的网课。

　　在家待的日子真漫长。从前，我不知道为什么不能出去玩，现在我知道了：我的祖国遇到了困难，而待在家中，是在为祖国做贡献。我在这里为湖北小朋友们加油！我还编了一首儿歌：国家有难，咱别添乱。如实上报，绝不隐瞒。网课有看，家务照干。妈妈管我，姥姥做饭。

　　我知道有些白衣战士牺牲了，变成了天使飞走了，我非常难过，我们新疆也派出了很多的战士，我只希望他们平安归来。正如妈妈朋友圈里的那句话："湖北，你好！什么都可以给，但白衣战士是借的，请把他们一个不少地给我们还回来！"

　　湖北加油！中国加油！战"疫"必胜！

　　　　　　　　　　　　　　　　　　2020 年 2 月 12 日

我的"麻烦"姥姥

我的姥姥可真麻烦，总是跟我说这说那。

一个寒冷的冬天，我刚从被窝里爬出来，姥姥已经在床边等候多时了。姥姥递给我一杯温开水，让我喝掉，还说："喝开水好，如果觉得热，就吹吹，多喝几口……"我点点头，把一杯水都喝完了。

我写作业的时候，姥姥又过来了，并且拿来一件长袖家居服让我穿上。"我不冷，家里暖气很热。""穿上，你不运动，过一会儿就冷了。"没过几分钟，我感觉确实有点儿凉，连忙把长袖衣服穿上。

吃饭时我正吃得津津有味，姥姥边给我夹菜边说："青萝卜好，能润胃，多吃点儿。"

睡觉前，姥姥还说："快睡吧，明天还要早起，早睡早起身体好。"

总之，我做任何事姥姥都会跟我说说这说说那，我感觉姥姥真的好麻烦。不过，她的这些"麻烦"都是为了我好。

虽然是"麻烦"姥姥，但是我感觉很幸福，我爱我的"麻烦"姥姥。

2020 年 2 月 16 日

我的"男朋友"

我有一个"男朋友",他不是王浩瑞,也不是其他人,而是作业。

他是我形影不离的朋友,更是我荣辱与共的朋友,我不论做什么,都会跟他有牵连,他不好我就不好,他好我就能得到很多奖励。有一次,我没有把他照顾好,妈妈和姥姥都说我,我虽然表面上满不在乎,但是我的心却在默默地流泪。我多想和他分手啊!

今天,我的心几乎要破碎了。就是因为我的"男朋友"变得那么多,我快伤心死了!但我的"男朋友"却哈哈大笑着说:"不用着急,我不会和你分手的。"

大人们也会有伤心的时候吧,但是跟我的比,我觉得他们的那些事都不叫伤心。

其实,我也不是真的想和他分手,只是希望他有时候可以让我一个人静静,毕竟他是一个"好人",他可以帮助我学会更多的知识，帮我变成更优秀的自己。因为什么都是学出来的，玩也是学出来的。

我的"男朋友"，应该就是我考上剑桥、北大、斯坦福的工具。

2020 年 2 月 22 日

蒲公英

中午，妈妈带我去农家乐，一进门，我就被头上顶着一簇簇白色绒毛的蒲公英吸引了，于是我飞快地向它们跑去。

蒲公英的花已经开了不少了。一丛丛蒲公英像一个个在野炊的家庭。像伞一样的小黄花被像绿箭一样的叶子托起来，有的含苞欲放，有的花瓣全绽开了，像小向日葵一样冲着太阳微笑，还有的骄傲地戴上了白白的绒帽子摇晃着小脑袋。风伯伯可不喜欢骄傲的小花，一口气就把小绒毛吹飞了，光秃秃的小脑袋暴露在阳光下。

大自然像魔术师，把风伯伯吹走的绒毛变来变去，有的变成了棉花，有的变成了柳絮，还有的变成了小伞兵。

我突然觉得自己仿佛就是一株蒲公英，一阵清风吹过，我就翩翩起舞，雪白的衣裳随风散开；我又觉得自己变成了带着白色降落伞的小兵，落在一片土地上。蚂蚁爬过来告诉我运粮的快乐，小鸟飞过来告诉我清早飞行的乐趣。

过了一会儿，我才记起我不是蒲公英，而是在吹蒲公英的绒毛呢!

2020 年 2 月 25 日

绿芽儿

　　我是一棵普通的绿芽儿，我也不知道我是什么品种。我出生在一个大花盆中，这里面都是多肉植物。

　　一个人走来发现了我，她惊讶地说："瞧！一棵不知名的小草！"说完，一大盆清水落下，浇绿了多肉，同时，一阵柔柔的小雨浇在了我的身上，像一片片洁白的羽毛从天上散落下来。我边喝水边听她说："以后你就叫绿芽儿，我是你的主人。"

　　主人经常开窗通风，暖暖的阳光照射在盆中，像妈妈温暖的手抚摸着我。我生长的地方是一个像蚂蚁洞一样的山谷，蚂蚁朋友就在这里住着，我们也成了好朋友。我是它们的"瞭望台"，它们是我的"邮递员"。

　　几天后，窗台上多出了两盆四季梅，主人把它们放在外面的窗台上，它们很香，隔着玻璃我都能闻到它们的香气。

　　随着时间的流逝，我长大了，不是什么绿芽儿了，变成了一棵亭亭玉立的小草。我长了小花骨朵儿，虽然小了点，但是蚂蚁可以住，可以吃里面的蜜。

可是主人马上要出去玩了，走之前给我施了一些肥，浇了一些水。

这几天，我很寂寞，既没有人给我浇"小雨"，也没有人为我通风。我想要主人回来！

过了几天，主人回来了。连手都没有洗就来看我，可是，已经晚了，我枯黄了，倒下了。主人很伤心，画了幅我的画。

不久，盆里又出来一棵草。我冲着主人微笑："主人，我回来了。"主人看着我说："你很像我以前的宝贝，我叫你绿芽儿，我是你的主人。"

2020 年 3 月 6 日

我喜欢的节日

　　我是一名中国人，我的家乡有很多的节日：重阳节、清明节、春节、元宵节……其中，我最喜欢端午节，那天，我们喝雄黄酒，闻粽叶的清香，品粽子的香甜，忆屈原的忠心。

　　屈原是一位伟大的诗人，被称为"辞赋之祖"。很多人认为屈原姓屈名原，但实际上他姓芈，与楚怀王同姓。屈原不仅作诗好，还变法图强。当时是齐楚燕韩赵魏秦七雄争霸的混乱时期，屈原联合其他国家抗秦，得楚怀王信任，让他监管内外大军。秦国只好派出老谋深算的张仪设离间计。

　　楚怀王听信谗言，把屈原赶走了，而自己却被捉走，当了三年阶下囚，死在了异国他乡。

　　楚王的儿子更糊涂，跟秦联姻，屈原劝说不要联姻，遭到了第二次贬官。

　　屈原写下《离骚》，"长太息以掩涕兮，哀民生之多艰……"可这样并不能救自己的国家。

屈原来到汨罗江边，抱石治江自尽，年42岁。渔夫们不停打捞屈原的遗体，有人把糯米团投入江中，让鱼龙虾蟹们吃；还有人往江里倒雄黄酒，想迷醉鱼龙虾蟹们。他们觉得，鱼龙虾蟹们吃饱喝醉了就不会去吃屈大夫了。

正是因为这样，民间渐渐就形成了赛龙舟、吃粽子、喝雄黄酒的习俗。每当粽叶飘香时，我们都会想起这位爱国者的背影——屈原。

2020 年 3 月 13 日

出人意料的礼物

请问你有一直坚持做的事吗？你的坚持有得到回报吗？我从 2019 年 1 月 19 日开始，一直坚持每天写作文。原本我认为这是我应该做的事，但是在第 365 天的时候，张老师打电话对我说："因为你坚持写作，所以我要奖励你 5 个礼物。"我蹦蹦跳跳地对妈妈说："我们现在就去兑礼物吧！"

"现在是疫情防控期间，玩具店不开门。"我垂头丧气，心情如过山车一样，"呼——"从云霄滑落下来。

终于到兑礼物的这一天，我坐在车上，搓着小手，嘴角都快咧到耳根了。

我们按导航指引来到帝王大厦，发现图上的玩具店变成了空无一人的走廊，我惊讶极了，店没有了，那礼物就会消失。"我们回家吧！"我极其失落，心都碎成了千万片。正当我们转身离去时，地上的箭头抱着我的腿说："奥迪，请直走。"我又欢喜得不得了，兴高采烈地跑向前方。

我选好礼物，给店员说："这是我的礼物，张老师让我选的。"可店员不知道这件事，要跟张老师通话。我拨给张老师，张老师没有接。我只好静静地坐着，害怕极了。

"要不你们下次再来？"店员说。我可不想下次，因为我喜欢的娃娃只有这一个，万一被别人买走了那可怎么办？

30分钟后，电话铃声响了，张老师说："我刚刚在上课，你选好了吗？把电话给店员。"店员一边微笑一边点头说："好的，好的。"

电话挂了，店员对我说："你真是一个了不起的孩子，礼物你可以带走了！"

我抱着我心爱的玩具，心想：我一定要坚持下去，获取更多的礼物！

2020 年 3 月 15 日

球 兰

我喜欢球兰，喜欢球兰的香气，喜欢球兰的颜色。

球兰的花儿就像闪亮的小星星，粉的，白的，银的，大红的……五彩缤纷的星星在"夜空"中闪烁着五颜六色的光。

有些球兰并不是小星星形状，而是杨桃小头形，我有时想：杨桃小头形球兰和杨桃是不是"母子关系"呀？

我家也养了一盆球兰，是粉色小星星的，一到春季夜深人静的时候，球兰好似有了什么大喜事，男女老少全都穿上了星星舞裙，再喷上香水儿，一个劲儿地狂欢。有时候球兰们好像在搞什么摔香水瓶大赛，男女老少发狂似的打碎香水瓶，此时飘逸的香让人晕头转向。

我家的猫常常去打量球兰。这时，球兰给了猫一个香水瓶炸弹，猫一下子就晕了。"喵——"地叫个不停，球兰们七嘴八舌地说："坏猫，你快走！"

　　球兰是一个追求美和香的球球花，球兰几乎没一株是丑的。之所以叫球兰，是因为它们是由多朵小花儿组成的一个球形整体。球兰代表着青春美丽，就像一个穿着星星裙的少女，充满活力，让见到的人心情愉悦。

2020 年 3 月 19 日

收获快乐

草长莺飞二月天，拂堤杨柳醉春烟。学校的春天真美，小鸟歌唱，燕子翻飞。学校里，同学们个个精神抖擞，整装待发，做着热身运动。原来校园里在举办拔河比赛呢！大家都为自己的队起了一个响亮的名字，有的叫"战狼队"，有的叫"必胜队"，还有的叫"无敌队"……

裁判员一手拿着小旗，高举过头顶，一手拿着哨子放在嘴边，队员们把规则都牢记在心，"预备——"裁判员吹响哨子的同时手中的旗子也放了下来，一场激烈的比赛开始了。

战狼队和必胜队都想把对手拉到自己这边来，有的队员龇牙咧嘴，有的皱着眉头，还有的张着大嘴……必胜队快输的时候，啦啦队队长突然开始有节奏地喊："一、二，加油！一、二，加油！"必胜队有了一点儿信心。在这口号声中，必胜队有了一些好转，慢慢地，慢慢地，必胜队更有信心了，最终必胜队赢得了比赛。战狼队虽然输了比赛，但是没有输掉友情，高兴地向必胜队表示祝贺。大家还是在一起欢笑，一起玩耍。

这次比赛不仅让我们锻炼了身体，而且让我们感受到团结友爱，齐心协力的快乐。

2020 年 3 月 20 日

仙人球

所有的花中，我最喜欢的就是仙人球了。

仙人球圆圆的，像一个扎满刺的绿色小皮球。它的头顶上有淡淡的红色，真像一个绿色的小胖子戴着一顶红色的小太阳帽。

我没见过仙人球的根，估计也是长满小刺的样子吧。

仙人球的茎就是它那又绿又圆的胖身子。我猜想：它的肚子里装的是绿色的水，还是白色的奶？如果它像我们人一样也怀孕了，那它的宝宝有刺吗？如果有刺，那它会疼吗？唉，总是想不出来。

你知道仙人球的叶子长什么样吗？就是它那么毛一样的小刺！因为仙人球针状的叶子可以减少水分蒸发，所以仙人球可以生活在干旱的沙漠中。

仙人球也会开花，有红的、白的、黄的、橙红的……五颜六色，好看极了。就像一个个绿色的小胖子戴着一顶顶鲜艳的花环。它的花瓣轻轻柔柔的，一点儿也不像它那又尖又扎手的刺。花瓣的香不如茉莉，但仔细去闻，还是有一股清淡的香气，蜜蜂好像不喜欢采它的蜜。

仙人球会结果子吗？估计我是不会吃到了，应该非常扎嘴吧！

仙人球可以吸附尘土、净化空气，是天然的空气清新器。我喜欢这些坚强、勇敢的沙漠小勇士。你呢？

2020 年 4 月 3 日

分针"飞毛腿"和时针"老头"的争吵

"当，当，当——"钟表响了，时针终于走了五小格。

"真慢的时针老头，总让兄弟们去扶。"时针的兄弟分针唱着自己编的顺口溜："逛街、买菜他都不去，总让我们帮他跑腿……"

时针老头听了，气急败坏地说："你在说什么？我可是主要的时针，慢是我的职责，我不遵守规则，大家就乱套了！"

一旁的秒针说："你们不要针锋相对了！大家你退一步我退一步，海阔天空呀！"

"滚！"分针和时针异口同声地说。

时针和分针你争我吵，谁也不服谁，都想向对方展示一下自己的重要性。时针一下子跑得飞快，一群人说："这今天过得真快！"他们又指指分针，疑惑道："为什么它今天这么慢？"

　　"今天的人们过得一团糟！"分针和时针，互相看了看说，"对不起，我们不该争吵！"

2020 年 4 月 8 日

风

4月的第一场风吹来，风在窝中睡了几个月，过于激动，变成了大风。

大风卷走了我们的帽子，害得我们头上落满灰尘；大风还在我家的楼道跳舞，拾起灰尘扔向空中，大风跳了舞，很满足，便悄悄地走了。

过了一会儿，楼道又传来了阵阵笛声，那是大风在吹曲子，那首曲子是大风写的，几乎全是高音，刺耳的笛声似乎把小虫子叫醒了，小虫子们出来活动了。大风见了扬扬自得，又换了首曲子。

大风走出我家楼道来到路上，一边跳一边继续吹着笛子。听到笛声的小花、小草、小树全发了芽，绿色铺满了大地，桃树抖了抖身枝，伸了个懒腰，小花砰地就冒出来了。

大风这才想到，我得走了，我要去其他地方游玩了。

2020 年 4 月 25 日

我家的"刀"

我家有一种很特别的"刀",也许你会认为是菜刀、水果刀、剪刀、多功能刀、指甲刀、卷笔刀……其实都不是。我家这把"刀"上还要加点料!

早上还没起床,妈妈就说:"快点!别磨蹭!"甚至连闹铃都换成了她认为甜美无比的她的声音:"别睡了,快起床!"不仅如此,还一直重复直到我起床才停止!就好像大清早用菜刀在我脑袋里剁饺子馅。

出门时,妈妈反复交代:"注意安全,走路不要玩,要眼观六路耳听八方,安全第一……"那个声音就像刀斧手住进我的脑子里,拿着锃亮的东洋刀左劈右砍。

我放学回家后,我家的"刀"又开始工作了!"进门快关门,别把苍蝇蚊子放进来了。""进门快洗手,水果在桌子上。""今天在学校开心吗?"……一连串的叮嘱询问就像是杂技团的大师连续不停地往我脑壳里扔飞刀!

检查作业的时候，我家的"刀"变成了温柔一刀："今天的字有进步。""所有的粗心都是基础不扎实。""要先复习再写作业。""这次考试我们来复个盘。""要注意退位。"……语气极为温柔，就像唐僧住进了我的脑袋里，温柔地敲着木鱼念着经。

可是有一天我妈病了，我家的各种"刀"好像突然不见了，我反而有点期待那些"刀"快点回来，我帮妈妈倒水、递药，终于，那些"刀"回来了！我突然觉得我家的"刀"加的料好棒！因为我家的"刀"有个"口"，对！就是我妈妈的"叨叨叨叨叨叨"！这种叨让我"痛"并快乐着！

2020 年 5 月 3 日

西部牛仔

你听说过穿靴子的猫吗？我想一定是没有吧。

看到桌上的便笺，我突然想折纸，可是我一个也不会折，于是我开始胡折起来。纸跟受了刑似的，满身都是折痕，最后纸变成了两只高靿靴子。我马上来了兴趣，给右手的中指和食指穿上了高靿靴子。

我突然觉得自己是一名西部牛仔，骑在一匹千里马上，在落日的余晖下，骑着千里马扬起一片尘土，若隐若现。

于是，我给自己重新做了一双迷你高靿靴子，我用 3D 打印笔固定住散开的地方，在散开的地方用"鞋带"固定住之后，再把靴子内部弄得松一点儿……

OK！做好了！穿一下看看，不大不小刚刚好！我给靴子起了一个名字，叫"穿靴子的猫"！怎么样，不错吧！

我穿上靴子，登上了世界最高的珠穆朗玛峰。之后我骑着天鹅，飞到了一片池塘。我在池塘里洗了澡，又骑上一只狗，狗跑向了日出的东方。我感到无比骄傲和自豪！

"这就叫井井有条，明白了吗？""嗯？""没听懂？我再讲一遍！"妈妈继续给我讲题。

可我却心不在焉，脑海中又开始幻想我这个西部牛仔的冒险故事。

2020 年 5 月 22 日

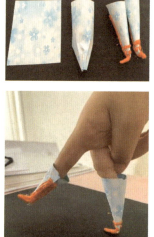

哆啦 A 妈

你一定看过动画片《哆啦 A 梦》吧！里面那只"蓝胖子"有一个万能口袋，那可是大雄的保护神。而我有一个秀发飘飘、身材窈窕、玉手纤纤、一身仙气，外加有"六把仙刀"（六把仙刀就是我妈的"叨叨叨叨叨叨"）的保护神，我叫她"哆啦 A 妈"。

每当大雄要考试的时候，哆啦 A 梦就会从万能口袋里拿出一片记忆面包。当我马上要考试的时候，哆啦 A 妈就会拿出"记忆尺子"。这神器比记忆面包厉害多了！

当大雄想飞上天的时候，哆啦 A 梦就会拿出竹蜻蜓，让他在空中飞。当我想飞上天的时候，我只要骑上哆啦 A 妈的肩膀，哆啦 A 妈在下面摇晃几下，我就感觉像是飞上了天。

当大雄拿出铜锣烧的时候，哆啦 A 梦的"烟气"就消了。当我给妈妈说"I love you! 我爱你"的时候，哆啦 A 妈就消了她的"仙气"。

当大雄被欺负的时候，哆啦Ａ梦拿出一个道具哄哄他就好了。当我被欺负的时候，哆啦Ａ妈就会用她那六把仙刀，来叨道理、叨三观……不一会儿我就又满血复活了。

如果你问我：愿不愿意拿哆啦Ａ妈换个哆啦Ａ梦？答案是：我愿意！但我拿到多啦Ａ梦的第一件事就是让它把我的哆啦Ａ妈变回来！

2020 年 6 月 18 日

我们班的"小书虫"

　　我有一个好朋友，她叫朱怡帆。胖乎乎的，圆圆的脸上有一对深深的小酒窝，一双黑珍珠似的大眼睛圆溜溜的，因为太喜欢看书，所以我们都叫她"小书虫"。

　　"小书虫"看书从不挑地点。课间休息，很多同学都出去玩，我正想拉着"小书虫"一起去，却发现她正津津有味地读着《不可思议事件簿》。我叫了她两声，她都没有抬头看我，那聚精会神的样子，仿佛天上打一百个响雷都不能让她分神。我握紧拳头，使出全身力气，用我的"狮子吼"冲她喊道："书虫，别看了！我们一起去玩！"这一声，吼得其他同学都停下来看着我，只有她充耳不闻，头都没抬。我尴尬地用手挠了挠头，不好意思地冲同学们笑了笑，灰溜溜地离开了教室。

　　"小书虫"什么书都"啃"。她看的书多，懂得也多。有一次老师提了一个课本之外的问题，我绞尽脑汁也没想出来，教室里也传来"嗡嗡嗡"交头接耳的讨论声。这时，"小书虫"举起手，老师示意她来回答，只见她自信、从容地站起来，侃侃而谈。听了她精彩的回答，老师笑着点点头，同学们也纷纷向她投去赞许的目光。我心中暗暗佩服"小书虫"可真是知识渊博啊！

老师常对我们说："一分耕耘，一分收获。""小书虫"在背后肯定付出了很多努力，我也要学习她这种求知若渴的精神。

2020 年 6 月 22 日

夏天

热死了

要不是有后羿射掉了九个太阳

我们就会被那十个太阳烤死

可夏天却让我猜它在哪儿

夏天！你在哪儿，我都知道

你在吱吱叫的蝉身上坐着

你在翠绿的叶子上休息

你在叫昆虫们起床

你在我们的衣服上变着魔法

有个地方你必去

那就是，我的作文里

2020 年 7 月 2 日

美丽的夏尔希里

"我走过好多地方，最美的还是我们新疆。"我觉得我们新疆最美的地方是夏尔希里。夏尔希里是蒙古语"金色的山梁"的意思，是中国的一片净土。这里一直处于原始状态，常有野兽出没，进入的牛羊从没有出来过，所以，当地人把夏尔希里称为"死亡谷"。这里是通往哈萨克斯坦的必经之地。

想要进入夏尔希里，必须具备三个条件：一是要有军方开的通行证，二是要有一辆好的越野车，三是要有一位山路驾车技术高的司机。

天一亮，我们就出发了。越野车沿着山路盘旋上行，道路两边就是陡峭的悬崖，夏尔希里的路真险啊！伟大诗人李白的那句"噫吁嚱，危乎高哉！蜀道之难，难于上青天"，那是因为他肯定没有来过夏尔希里！不然这句诗肯定会变成"噫吁嚱，危乎高哉！夏道之难，难于上青天"。什么"山路九曲十八弯"在这条路面前就是小巫见大巫。

这条路就像一条游龙，穿梭在三座大山之间。第一座大山全是松树，第二座大山全是桦树，第三座大山全是花花草草。这些可不是人工种植的，而是大自然亲手雕刻出来的艺术品。高过大人肩头的野草，让我根本不敢进去照相，漫山遍野的野花比普罗旺斯的薰衣草田都要壮观几千倍。

站在绿油油的山顶上，放眼望去，一条银色的线伸向远方，那就是边境线。站在边境线的旁边，你就站在了祖国的最边上。另一边，就是哈萨克斯坦。

夏尔希里在蓝天白云的衬托下，就像一条美丽的彩色锦缎。夏尔希里真是一个世外桃源，是陶渊明都想不到的世外桃源、徐霞客也不曾踏入的西域美景。

2020 年 8 月 1 日

密室逃脱

　　我睁开双眼，看看四周。"救命！呀呀呀呀！"我看见墙上不停地淌血，四周一片安静，我六神无主，魂不守舍地盯着墙上像瀑布一样的血，心里想：我只要闭眼就可以了！我努力安慰自己，不让自己害怕。但我能不害怕吗？我怕得尿了裤子，往后退了一步，"咔嗒"一声，不知是什么东西掉下来了。我吞了吞口水，小心脏像一只掉入水中的小虫子，一直扑腾着。我又晕倒在地，我快要被吓死了，我不喜欢玩密室逃脱，就连最最可爱的密室我都不敢进，更别提这个了！可是，等我再次睁开眼睛，发现我在一家医院里，我真的被送进来了，我逃出来了吗？我从可怕的密室逃出来了吗？

　　并没有，四周静悄悄的，一点儿声音也没有，我就这样躺了一个月。这一个月里出的怪事很多，什么有人失踪了，什么有人被杀了，等等，几乎有上万件这种事了。我总疑神疑鬼，等我又一次闭上眼睛，再睁开，我又来到了密室中。

我几乎是被吓得小命到期，我大骂道："你这个臭密室，放我出去！我最讨厌你了！"密室好像听懂了一样，把我放出来了。

我又到了第二个密室，又再一次把它痛骂一遍，结果我又被它吞进了肚子里。我吓得大叫一声，没了知觉。

"糖糖，糖糖！你醒醒！"我睁开双眼，发现妈妈看着我，我又大叫着爬起来："救命！我又去下一个密室了，我的小命到期了，我……我没气……了！"

妈妈说："你做噩梦了！"

原来只是个梦呀！我给这个梦取了个名字叫"密室逃脱"。

2020 年 8 月 10 日

家中露营

疫情防控期间居家，这可不是我想要的暑假生活，我想出去旅游，我想去露营。妈妈看出来我的期待，对我说："不如我们来一次家中露营吧！"

我们立刻行动起来。我把一根细细的、长长的黑管子插进了帐篷的一个小通道里，把管子一直往里面塞呀塞呀，一直塞到妈妈那一头，我们又合力把另一边的管子竖起一塞，在管子弯起来的同时，一顶小帐篷就支好了！姥姥拿来一条大大的毯子铺在里面，又往上面铺了一条床单，哇！好漂亮！接着，我又往里搬了一堆抱枕、靠垫、毛绒玩具……最后，把被子往里面一放，好完美呀！

妈妈把姥爷送给我的星光灯也拿了出来。晚上，我们把星光灯打开，投射出很多星星。有蓝的、白的、黄的，五颜六色，漂亮无比，就好像我们在山顶露营一样。突然灵感闪现，我和妈妈共同创作了一首诗：

夜风拂着观星的梦

星空伴着露营的心

深情不及久伴

厚爱无须多言

这片星空为你

嘴角一弯因你

头依着头，手比着心

眉心一吻送来随心的 Goodnight

幸福，入睡

　　这真的是一场"说走就走"的家庭旅行呀！我们睡在我喜欢的帐篷里，幸福和美好包裹着我，我把这顶帐篷当作了我"可爱的小房间"。

2020 年 8 月 16 日

怪物来了

一声尖叫打破了森林的宁静，同时也吵醒了森林里的动物们。

一只小老鼠，急匆匆地敲响了集合鼓。全部动物集合后，小老鼠就大叫："不好了，不好了！森林里来了一只怪物，那怪物比我大一万倍！"一听这话，动物们立刻惊恐万分。

一只小猫吞了吞口水，颤抖地说："那怪物，会不会长着三个头、六条腿啊？好……好……好可怕！"

其他动物也开始天马行空地幻想怪物长什么样。四只角？两个大嘴巴？一个壳？十六条尾巴？满脸胡子？身上有翅膀？七只大眼睛？……

一只小鸟儿飞过来给动物们报信："不好了，不好了！怪物来了，怪物来了！大家做好准备！"

小老鼠、长颈鹿、乌龟、鼹鼠、火烈鸟，还有很多弱小的动物全都在老虎、狮子、狐狸和狼的保护圈里。虽然山中之王在场，但是它也吞着口水，抖着腿。

"啊！救命呀！"所有动物同时大叫起来。

怪物的身影出现了！大家的心脏悬在了嗓子眼。

"三、二、一！冲啊！"小鸟在空中大叫。老虎、狮子、狼群开始进攻了！

"喂！喂！大家别激动！我不是怪物，是动物！我是一只鹿！"大家全都愣住了。

原来，这些动物没见过鹿，它们就把鹿当成了怪物。后来，大家成了好朋友，而"怪物"就成了小鹿的绰号。

2020 年 8 月 21 日

新疆人民的第二守护神——志愿者

你看过《超能陆战队》吗？里面的大白胖胖的，白白的，温柔体贴。我们身边也有很多"大白"。

他们就是白衣天使、志愿者和社区干部。志愿者有很多，有老人，有年轻人，有退役军人，还有大学生，等等。他们有着军人一样的责任与担当，不忘初心，牢记使命；报效祖国，保卫人民。

我妈妈的一位朋友就是志愿者。每天，那位阿姨早早就起床了，穿上了防护服，提着大包小包的蔬菜，给其他的居民量体温、送蔬菜，关心着每一户人家。一有问题，她就马上去处理，不出一点儿差错！

习近平爷爷说过：广大医务工作者是推动卫生健康事业发展的重要力量。他们是光明的使者，是希望的使者，是最美好的天使。他们医者仁心，舍生忘死，踏实靠谱，品德高尚。他们就是臂膀坚实舍己为人的超能英雄！在常态化的疫情防控中，有这样一支能打胜仗、能打硬仗的队伍，就一定能战胜一切困难！在这一场不见刀枪的大战中，我们一定能胜利！

2020 年 8 月 24 日

籽月，第一眼见到你，就觉得你是一个热情、自信、乐观的女孩儿，你的笑容总是充满感染力，像三月的春风，满满的活力。还记得你刚加入六（9）班时，自信十足，就凭着在课本剧中的精彩表现，赢得同学们的满堂喝彩。同时，你也是一个对写作充满热情的女孩儿，这在同龄孩子当中是非常难得的；你的文笔像你的性格一样活泼跳脱，还常常有天马行空的想象力。希望在以后的创作中，你能将这一份对世间万物的新奇继续融入字里行间。期待小小作家未来能带来更多让人充满惊喜的作品！

——苏州科技城外国语学校六年级（9）班阅读老师　阎妹婷

烟之舞

烟从香炉的出口升了起来。快看呀！烟好似两只狐狸，在妈妈的办公室里奔走，一只狐狸好像不太对劲儿！它开始变形，变形……又飞进香炉中。过了一会儿，另一只也回到香炉中了！我感到很蹊跷，于是从座位上下来，揭开铜盖一看，"嗷呜——"一条腾云驾雾的龙飞了出来！后面有一个金色的烟桃儿，烟桃儿很大很大，桃儿里坐着高歌的烟精卫和飞舞的烟凤凰。刚刚的烟狐狸变成了烟九尾狐！

这个香炉中，生出了很多上古神兽！有麒麟、神虎、龙、凤凰、精卫，还有九尾狐和四不像……

它们渐渐苏醒，慢慢睁开双眼，开始在妈妈的办公室中玩起来。

它们有时候被我"呼"地吹灭，但又生出，又生出！

它们在说："我们并没有灭亡，虽然我们死掉了，一只不剩，但我们的灵魂是存在的。我们在哪儿？在人们心中，在深山中、烟中、神话中、成语中、古诗中！"

人们也像它们，谁是一帆风顺的？谁能长生不老？并没有。人生一波三折，就像烟一样。断香就等于死亡了吗？就等于消失了吗？不是的。姥爷去世后，我认为他不见了，他不在了。但他寄信给我说不要紧！他还在！可是我找不见他，他在哪儿？在哪儿？

他又回信说："在你的心中。"

2020 年 9 月 3 日

我和孙悟空过一天

我正在看电视《西游记》中"三打白骨精"的故事，看到最入迷的时候，从电视机里蹦出了一个穿着虎皮裙的猴子。

这不是孙大圣吗！我高兴极了："大圣，你怎么出来了呀？"

"我奉师父之命，邀请你和我去体验生活。走了！"

一眨眼的工夫，我已经来到了电视机里，和唐僧师徒做过自我介绍后，就与他们一路同行。

我们来到了乌鸡国，乌鸡国上空黑压压的，空气中还有一股恶臭味。在乌鸡国大臣的引导下，我们拜见了乌鸡国的国王。

国王愁眉苦脸地向我们诉苦：前几天一个妖怪来到了乌鸡国，害得我国民不聊生……

"这事儿难不倒我！让我去看看是哪个妖怪！"孙大圣

拉上我就去找妖怪了。

"妖怪在黑气中吗？"我问道。"你看！他正使劲儿地吸那些工厂喷出的气体，那些废气好像可以提升他的功力！你快用太上老君给我的风袋把妖怪的靠山收掉，我们就获胜了！"大圣说完就驾着筋斗云冲进了黑气中。

我赶紧拿出风袋使劲儿地收集黑气，黑气渐渐地被吸光了，妖怪也露出了真面目，孙大圣举起金箍棒就把妖怪打死了。我们回去把好消息告诉了国王，并且对国王说："你的国家要好好整顿工厂了！不保护环境，还会有更多的妖怪前来作恶的！"

任务结束后，我又被孙大圣送回到家中。这一天我很快乐，也懂得了保护环境的重要性。

2020 年 11 月 10 日

我和嫦娥过一天

八月十五的晚上，圆月嵌入天幕，我趴在窗台上仰望天空。月亮看见我后，就羞答答地把自己藏在了轻纱似的云朵后面。这时，姥姥往我的嘴里塞了一块月饼，"哎哟"一声，我咬到了一块硬东西。吐出来一看，是一颗小种子，上面写着"许愿树"。紧接着，一道金光闪过，我坐在了月饼形状的飞船上，当里程表显示出38.44万公里时，飞船降落了……

我打开舱门，看见一位秀雅绝俗、气若幽兰，身后好似有烟霞轻拢的仙女，真的是比画儿里走出来的还要好看！"你好，我叫嫦娥。"我惊呆了，原来这就是射日英雄后羿的妻子呀！

就在这时，山崩地裂，一只巨大的黑狗正在撕咬地面，它锋利的牙齿露出瘆人的寒光，尖锐的爪子不停地把地往嘴里塞。

　　"天狗来吃月亮了，帮我！"嫦娥说着便扔给我一张七彩神网。我站稳脚跟，使出全身力气把网撒出去。网忽然自动变大，把天狗困住，嫦娥拿着法棍对着天狗的头狠狠地敲了下去，"嗷——"天狗逃跑了。我高兴得又蹦又跳，但好像嫦娥并不开心，我问："你怎么了？""打败了天狗，你就能回去和家人团聚了。而我因偷吃了灵药，再也不能和后羿见面了，我也想有人陪，有事做……"嫦娥说道。

　　"我们来种许愿树吧！"嫦娥一个响指，变出了一把大铁锹，只见她往地上猛地一插，再用穿着绣花鞋的脚一踩，狠狠一挖，也许是借助了神力，一个坑就挖好了。我把许愿树的种子放进去，嫦娥吹了口仙气，坑就填平了。她又把珍藏了多年的仙露滴了上去。不一会儿，小种子就长成了参天大树，还结了三颗果子。

　　嫦娥把果子放进口中说："第一，我想要一只小兔子，能长久地陪着我。"话音刚落，一只小兔子就落在了嫦娥的脚边。"第二，我希望这位帮我的小朋友能永远和家人幸福地生活在一起。"又一道金光闪过，我回到了家中。看着妈妈和姥姥的笑容，我心想：谢谢嫦娥送我回家。不过，你的第三个愿望会是什么呢？

2021 年 1 月 5 日

冬 日

小河结了一层冰

没有了叮咚

只有鹅毛似的大雪

让我觉得很宁静

春日的花儿不在冬天的风景中

天上没有星星

没有了往日的明月

只能看看图片上的鹰

冰柱碰撞的声音可听

要听到就要轻

天天下雪

不知今明

湖水还是那样清

却结了硬冰

水中游鱼还在游弋

但只能看向没有感情的镜

2021 年 3 月 14 日

老 鹰

一只飞翔的雄鹰

双翅展开盖住了星

在太阳的映衬下

认为自己是霸气十足的神鹰

飞翔在明镜

犀利的目光落在蓝冰

快速飞过云身边

打破了云的平静

飞啊，一直到了月明

树边小河水清清

人们走出屋外，静静看着月亮和星

雄鹰敲响铃

让人快快进入梦乡的宁静

大家早早入了眠

雄鹰渐渐飞得轻

雄鹰的速度可听

飞上云霞去找无数颗星

找到了星

星被鹰惊

眨动惊奇的眼睛

2021 年 3 月 15 日

我的心情

我的心情

像天气一样

一会儿是晴天

一会儿是雨天

紧张的时候

心情如同打雷

可过了一会儿

雷又停了

清风荡在空中

伤心的时候

心情如同下雨

可过了一会儿

雨也停了

太阳挂在空中

快乐的时候

心情如同彩虹

可过了一会儿

彩虹不见了

笑声回荡在空中

我的心情

就像天气

变来变去

2021 年 4 月 7 日

竹青花岸

桃花花瓣舞两岸

嫩草把头探

竹子青翠生两岸

天空湛蓝蓝

鸟儿筑巢飞两岸

双双喜相伴

茅屋白墙立两岸

众人快乐安

2021 年 4 月 10 日

忧 愁

忧愁像一只被冷落的鸟

独自在天空中飞翔

不停地抱怨

又有谁理它

忧愁像一只断线的风筝

独自飘向蓝天

不停抹着泪

又有谁安慰它

忧愁像一只正要回家的虫子

独自爬向家

不停地生气

又有谁去平抚它

忧愁像一个被丢掉的东西

独自坐在路边

不停地哭诉

又有谁能理解它

忧愁像一个被果断拒绝的小孩

独自一个人走着

不停地被指责

又有谁能知道它为什么忧愁

忧愁是痛苦的

拒绝对一些人来说是好

对一些人来说是差

忧愁与拒绝

我非常讨厌的东西

2021 年 4 月 11 日

领导是颗特效药

　　什么是领导？大人的眼中，是局长、厅长，是首长、书记、处长……在我们小孩儿的眼中，是老师、妈妈、姥姥……说真的，我并不知道啥是领导，但我觉得，领导是一颗特效药！

　　为什么这么说呢？因为它长得像特效药吗？不不不！因为它能改变一个人的性情！我是这么认为的，因为它在体育老师身上是这样子的……

　　学校中，最凶的应该就是体育老师——杨老师。她就像一只凶猛的大老虎，让人心惊胆战，天天有一种会吃了我们这些"小兔子"的表情，无比凶恶！有一次，市上的领导来检查了！体育老师给我们喊操时，声音从暴躁转到了极度温柔可亲。突然的转变让我不禁毛骨悚然，就连鸡皮疙瘩都站直了！不过，体育老师要是一直这样就好了！"特效药"走了，药效自然就消失了。体育老师马上在广播上说起了我们的不好之处，天使一秒变恶魔！在我看来，特效药很管用！

在家中，姥姥是"第一书记"，是大领导！妈妈是"听长"。我最小，是一个小白领。在"第一书记"下达命令后，"听长"妈总会做到位。有时"听长"欺负我，我就大叫"特效药"——姥姥，姥姥在我身旁，妈妈就不敢了。我有时可以让"听长"陪我玩，给我买东西。因为她这个"听长"是"听我话的家长"。

以后我也要当"特效药"，我可不想做吃药的人。为了当"特效药"，一定要好好学习呀！

2021 年 4 月 17 日

夜　晚

夜晚是安静

树上的水露是晶莹

在天空高挂的星

连起来像一只巨鹰

河水清清

听听浪花的叮咛

像是今天的晴

调皮的小猫打翻饼

跑出家门去了花庭

爬上树梢把月亮盯

家中的鸡不宁

太阳升起开始了新一天

2021 年 4 月 18 日

风

来得是那么突然

让人是那么不安

一口气吹得太傲慢

想一动不动都很难

把天空刚做的白衬衫

一口气吹成了蓝

万物被吹得那么惨

夜空的明月想把风揽

犹如妈妈想把我搂进她的臂弯

2021 年 4 月 19 日

天 空

无数颗高挂的小明珠

混合成一条天上的小河

一起流向远方

真想上去在河中玩玩

或在岸上数着河中的星

2021 年 4 月 20 日

月 亮

像小船一样的月亮

我可以坐在上面数星星

像半个盘子的月亮

我可以站得高高看银河

像圆盘一样的月亮

我可以吃吃月亮的奶酪

像眉毛一样的月亮

我可以拉几根线弹竖琴

2021 年 4 月 20 日

云

如果能到天上

我一定会摸摸云

想必一定很柔软

我可以织一件白裙子

到晚上再拿星星点缀

还可以在饿的时候

吃一点儿有星星的棉花糖

2021 年 4 月 20 日

大　海

白白的浪上下涌动

蓝蓝的水大小鱼游

一颗颗星星被海面复制

银河在我们陆地上流淌

有时温柔平静如兔

有时风起浪翻如虎

你是自然中的成员

也是最美的成员

2021 年 4 月 23 日

足 迹

一步步地走过

走过有泥巴的路

留下了一步步

一步步的足迹

一步步地走过

走过这一次次考试

留下一步步

一步步知识的足迹

一步步地走过

走过一次次失败

留下一步步

一步步成功的足迹

一步步地走过

走过一次次的快乐

留下一步步

一步步欢乐的足迹

一步步地走过

走过每一岁

留下一步步

一步步成长的足迹

2021 年 4 月 24 日

沙

一堆沙子暄暄的

一粒很小

只有小豆子的千分之一

如果有一大片一大片

沙漠就形成了

拿一把沙子

抓紧了

它在手里一点儿也不安稳

抓松了

它就像瀑布

哗哗——

流了下来

小手松开一点儿

一扬

下场沙子雨

注意

千万别进眼

风来了

沙子哪里怕它

收拾行李

乘着"飞机"远行

调皮的风与沙

去了孩子的眼睛里

让孩子睁不开眼

在凉快的地方

挖个沙坑吧

凉凉的沙子

在脚边打滚儿

水来了

沙成了泥

为小孩儿造沙堡

它好像什么也不记得

哪儿都要去

小脚站在被晒了很久的沙上

不一会儿

就被烫得乱叫

刚洗完手

放进沙子中

看

一双沙手套

沙子

可以做成沙雕

可好看了

站上去

可威风了

当我将它们抓起

玩了又玩时

我感到——

无比快乐

2021 年 5 月 1 日

艾丁湖

新疆有很多著名的湖泊，有神秘的喀纳斯湖，有美丽的赛里木湖，有水上魔鬼城之称的乌伦古湖，还有好玩的博斯腾湖等。而今天，我要介绍的是最有人生意义的艾丁湖。

艾丁湖又被当地人称为"月光湖"。因为含盐量较多，光线折射出水面形成粼粼波光，所以叫作"月光湖"。

走进景区大门，就是一条通往艾丁湖的小路。小路笔直无比，直通艾丁湖。路两边芦苇和水坑交错着，一个接着一个。时不时有鸳鸯和野鸭在水上游戏。

到了停车场下了车，就是艾丁湖了。湖的前方立着一块大石头，上面刻着"艾丁湖"三个大字。湖面上波光微动，白色的仙鹤立在水中央，野鸭子嘎嘎地叫着。虽然水面看似平静，但水底热闹极了，小鱼们游来游去，水草扭着腰，芦苇的根一个个拉着手。

沿着湖往左走，就是一条窄窄的木栈道。栈道弯弯曲曲，两边是比我都高的芦苇，密密麻麻。再往前走芦苇没有了，取而代之的是无边无际干涸的湖底。

走到木栈道的尽头，就可以看到一个超大的石头地球仪，上面刻着世界上的每一个国家，底座上刻着"世界内陆最低处 -154.31 米"。

如果你来到艾丁湖游玩一次，再从这儿出发，那么你的人生将从此无低谷，天天向上。

2021 年 5 月 4 日

小 草

小草前的三角形木牌

上面写着：小草青青，脚下留情

晚上的星星

早上的人行

小草住这儿宁

旁边是山岭

前面是人在行

时不时有鹰，不知它为何鸣

小草莹莹

把山变青

把人心情变晴

敬请人停

莫把小草踩不停

小草青青，脚下留情

2021 年 5 月 11 日

我的奇思妙想——"超级泡泡"

　　作为一名新时代的小学生，我们生活在幸福、安逸的环境中。时间依旧不停地更替，人类也依然会不停地进步，或许在 2080 年，我设计的"超级泡泡"，就会走入大家的生活。

　　"超级泡泡"是一种多功能交通工具，它只有书包那么大，在手机上下载"超级泡泡"应用就可以控制它了！

　　当你在车水马龙的大街上漫步时，你可以点击"风火轮模式"，它就会变成一双"泡泡鞋"，站在上面就像哪吒踏着风火轮一样，穿梭在大街小巷。

　　当你站累了，可以点击"自动驾驶模式"，它就会变成一个超级大的瑜伽球，只需要输入目的地，它就会把你安全送到，你可以躺着、坐着，画画、写字……

　　当你想旅游时，可以点击"酒店模式"，它就会变成一个泡泡酒店，里面自带卫生间、厨房、淋浴房……这样你就可以在山顶看星星，在海边看日出了。

如果你不小心被海浪卷进大海中，它就切换成"潜艇模式"，这样就可以到海底观赏珊瑚，与小鱼游戏，还可以浮在水面上，享受划船的乐趣。

遗憾的是"超级泡泡"没有飞行功能，但它的"超级蹦跳"模式完美地取代了飞行功能，跳一下就有10多公里。从乌鲁木齐到北京，只要跳300多下，不到两个小时就到了。你也不用担心中途会与其他"超级泡泡"亲密接触，因为它的"超级弹性"不会让使用者受到伤害，而且开启"加好友"模式，还会让你在"不碰不相识"设置中结识更多好友。

"超级泡泡"不用加油，它有两种充电方式，除了家用充电，还有太阳能充电，这完美印证了习爷爷提出的"绿水青山就是金山银山"。如果大家都使用"超级泡泡"的话，那我们就能到全国各地欣赏"金山银山"了。

"超级泡泡"完全符合创新、协调、绿色、开放、共享五大新发展理念，我希望"超级泡泡"早日问世。

2021年6月5日

新"龟兔赛跑"

旭日东升,霞光盈空,在初秋的上午,露水伴着落叶,带着一丝遗憾,投入大地母亲的怀抱。枫树旁有一个背影,正叹着气,一个声音传来:"爸爸,小动物们比赛不带我,它们说我爸爸连乌龟也跑不过。"这时,一排排大雁正飞向温暖的南方,一声声鸣叫,是它们告别的话音。又一个声音传来:"对!我要告别过去,重新和乌龟比一场。"

整个森林都沸腾了!中午的山坡上,锣鼓喧天,人山人海,红旗招展,鞭炮齐鸣。"兔老弟,怎么想起比赛啦?""上次是因为我的骄傲,输了比赛,也让小宝失去了自信。""我支持你,但我不会让着你。""这一次改成接力赛——家长跑前半段,孩子跑后半段。"一只小手拽了拽兔爸爸的衣角,兔小宝说:"爸爸,我怕。"兔爸爸双手扶着兔小宝的肩,眼神坚定地看着他,对他说:"宝贝,上次爸爸是因为骄傲才输了比赛,只要你不见终点不停,就能胜利！"兔小宝点了点头。

　　裁判员一声令下，比赛开始了！两位爸爸都跑了起来，但是兔爸爸却一直和乌龟跑得一样，如果超过了乌龟，就又退回去继续前进，大家不知道兔爸爸的葫芦里卖的是什么药！等它看见兔小宝的时候，就抢先一步把接力棒给了兔小宝。兔小宝接过棒后，像踏着风一样冲了出去……当它冲过终点线时，回头一看，并没有发现乌龟的踪影。只见兔爸爸跑了过来，对兔小宝说："宝贝，是你赢了比赛，我为你感到骄傲。"当兔小宝登上领奖台时，不仅明白了谦虚使人进步，更明白了，只要勇往直前，敢于尝试，就会到达成功的彼岸。

　　　　　　　　　　　　　　　　2021 年 6 月 6 日

我的自画像

南瓜花，丝瓜花，别人不夸我自夸。今天就来好好夸夸我自己。你可先别笑我太不谦虚了，等我夸完了你再笑我也不迟。

瞧，我长了一对弯弯的柳叶眉，下面有一双明亮的大眼睛。凝眸时如波澜不惊的黑海，顾盼时像天空的流星。那倔强的睫毛又长又直，它们是保护我眼睛的功臣，就像妈妈车上的雨刮器，防止沙子和脏东西进入我的眼睛。有它们的爱护，我现在能看得很远很远。

我很爱幻想，我没去过大海深处，但能想象到海洋生物的热情；我没去过热带雨林，但能想象到林间动物的歌唱；我没去过山顶，但能想象到山下的风景都可以尽收眼底。

我爱读书，在卫生间里常常拿一本书看，一看就是两个小时。妈妈说如果再不改掉这毛病，屁屁上一定会长痘痘的。

我爱写作，每天我都会写一篇小作文来记录我的生活，用优美的语言抒发自己的情感。

这就是我，一个爱幻想、爱写作的追梦女孩儿——王籽月。

2021 年 6 月 9 日

妈妈的爱

妈妈的爱

是一棵大树

那我就是一片树叶

在她温暖的怀抱中休息

妈妈的爱

是一缕阳光

那我就是向日葵

在她慈祥的微笑中成长

妈妈的爱

是一方天空

那我就是小鸟

在她宽广的胸怀中飞舞

妈妈的爱

是一片大海

那我就是浪花

在她温柔的臂弯中绽放

2021 年 6 月 10 日

如果我是一滴雨

如果我是一滴雨

我就会在下雨天

落在屋顶上

跟小燕子玩捉迷藏

如果我是一滴雨

我就会在下雨天

落在长江大河里

跟小鱼比赛跑步

如果我是一滴雨

我就会在下雨天

落在小朋友的手里

让他们带我去郊游

如果我是一滴雨

我就会在下雨天

落在伞上

与其他雨滴一起跳舞

如果我是一滴雨

我就会在下雨天

落在妈妈的脸上

与她温暖的微笑融为一体

2021 年 6 月 11 日

我的动物朋友——仓鼠小弟

　　世界上有许许多多的小动物，有忠诚的小狗，有高雅的小猫，还有叽叽喳喳的小鸟，但我更喜欢机灵可爱的小仓鼠。

　　我家有两只小仓鼠，它们长着圆圆的身子，机灵的眼睛，粉嫩嫩的小爪子，走起路来一扭一扭的，坐在那儿就像长满毛的乒乓球。我把全身奶黄色的那只叫"团子"，背上有银线的叫"元宝"。

　　人不可貌相，海水不可斗量。别看它俩小小的，其实是两个大吃货，那小巧可爱的嘴巴，像一个永远也填不满的黑洞，什么都吃。可是它俩吃的时候不是肚子大，而是脸蛋越来越大，它应该把食物储存到脸蛋儿里了。圆圆的胖脸加上小黑豆一样的眼睛，把我的心都萌化了。

　　我还给它们准备了华丽的别墅，这别墅是浓浓的糖果风。一条绿色通道通向楼顶中间，那是绿色的健身房，可以让它们吃完饭后在里面健身。还有一间蓝色浴室可以让它们洗香香。但团子还是不满足。有一次团子离家出走了，我怎么也找不到它，正当我以为元宝要孤独终老的时候，妈妈叫了起来："在这儿！"原来它正坐在簸箕里啃我吐的西瓜子儿呢！我不客气地提起它，放进了仓鼠笼，它好像知道自己犯错了，钻到木屑堆里睡觉去了。

我喜欢元宝和团子，不知道你是不是和我一样喜欢这样可爱的仓鼠小弟呢！

2021 年 6 月 15 日

清平乐·夏月夜蝉歌声

夏月夜晚，溪畔绿茵草，醉夏月夜蝉歌好，露珠晶莹剔透。妈妈扇着风儿，姥姥仰望星空，最喜我在溪边，剥着小小莲蓬。

2021 年 6 月 18 日

妈妈是太阳光

如果妈妈是太阳光

我就是向日葵

在她温暖的怀抱里成长

如果妈妈是太阳光

我就是小鸟

在她温柔的光中飞翔

如果妈妈是太阳光

我就是我

在她悉心的教导下学习

四年级作品

如果我是太阳光

妈妈就是太阳

那我们就永远不会和对方分开了

2021 年 6 月 27 日

太阳鸟

给太阳加一对儿翅膀
太阳就成了太阳鸟
为大地带来光明

太阳鸟飞到了雪山
冰雪融化，泉水叮咚
高山上长满了野草
好像披上了一件绿衣

太阳鸟飞到了草原
草儿肥沃，牛羊成群
草原上披了花衣
衣上还有牛羊点缀

太阳鸟儿飞呀飞呀

飞到了我的内心深处

照亮了伤心的我

让我重拾快乐

我跟太阳鸟一起飞上蓝天

飞啊飞啊

飞到了最高处

把阳光洒遍各个角落

2021 年 6 月 28 日

夏　天

在枝头的小鸟

不停鸣叫

啁啾！啁啾！

夏天是否来了

啁啾！啁啾！

时间是否迟了

树叶穿上墨绿的衣裳

跳起了夏天的舞蹈

风吹的气不再寒冷

而是温和、暖和

天气法师挥舞法杖

一不小心惹了夏天的天气娃娃

又哭又闹

法师可不会带娃

弄得娃娃一会儿哭一会儿笑

人们身上衣服少了

啁啾！啁啾！

夏天来了

小鸟开心地笑了

我要醉在我的歌中了

2021 年 6 月 29 日

妈妈是一朵花

如果

妈妈是一朵花

那她一定是一朵多变的花

她生气时

就是带刺的玫瑰

碰一下

手上全是刺

她温柔时

就是百合

闻一下

就心情大好

如果

妈妈是一朵多变的花

那你猜

魔术师是谁

2021 年 8 月 9 日

迷你水族馆

不是我吹牛，我家也有水族馆，不过，小了点儿。

水中央石桥下的石天鹅，一动不动地坐着，一只虾趴在鹅背上，教导着："乖鹅鹅，带我飞上天空吧，飞呀，飞呀。"一只青虾走上石桥，它好像喝了酒一样。鱼儿说："老兄，小心点儿，别掉下去了。"虾有蝙蝠的基因吗？肯定没有，那为什么两只红虾倒挂在石桥下呢？

五颜六色的小鱼在水草和石桥间躲来躲去玩着捉迷藏。

螃蟹四兄弟上场了，桥上有三只螃蟹，不论死活就跳了下去，被鱼群淹没了，剩下那只站在桥上，把头伸出水面呼吸新鲜的空气，同时，欣赏着缸外的美景，可是它那对小豆豆眼，到底能看多远？

前几天，我把别人从青岛寄来的迷你小鱼也倒了进去，可一会儿就不见了。"嘿！老兄，石桥下见。"红虾说。"不了，我和周公有个约会。"说完，小鱼游到了密林中，躲到叶子下睡觉去了。

　　这就是我家的水族馆，生机勃勃，好生热闹。

　　　　　　　　　　　　2021 年 8 月 13 日

五年级 作品

　　小升初的夏令营，我很期待在课间看到你新出炉的作品，文字里的你既灵动又天真！我很享受你经过点拨后两眼放光的表情，也喜欢你带着嘚瑟劲儿的小表情对我说："夏老师，我哪篇哪篇作文得奖了！"但更欣赏你略带自嘲的笑："夏老师，我这次又没有获奖，不过我又有新作了，想不想看啊？"爱写这件事，你仿佛不为取悦别人，只为快乐自己。你是我佩服的一个孩子。

——苏州科技城外国语学校

小升初夏令营语文老师　夏文静

猴子老师

我们班的班主任是王老师，我给她取了一个绰号"猴子老师"。

她属猴吗？不！她长得像猴吗？不！那是因为她有一双火眼金睛和一对顺风耳。

她喜欢穿成仙女的样子来给我们上课。每次见到她，她都穿着各式各样的裙子，眉毛画得又长又细。眼睛小，戴着一副眼镜，似乎那眼睛装满了银河星空。小嘴上涂了红红的口红，她长得比我高一点儿，耳朵也不太大，你怎样看都认为她是看不清、听不清的老人。但你可不要小看她的小眼小耳。

有一次上课，有个同学在最后一排小声说话。王老师猛然停笔，转身拿起板擦，把手高高举起。啪！板擦重重地被拍在讲桌上，从中间裂了一条缝儿，掉了几块小木块儿，顷刻间粉笔灰四下飞扬。"你！干什么呢？！"那个同学站起来，低下头。"扰乱课堂纪律，下不为例！"王老师又开始书写。

王老师的眼睛如同"针鼻儿"。但她似乎能看清雪山的雪花！在一次小测试中，王老师好像听见了什么东西在动，马上坐直了。用她那顺风耳一听……翻书的声音！王老师再用"针鼻儿"一看，站起身走到最后一排，用手敲了敲桌子，说："快点儿！"那个同学的汗一下子就流了下来，颤抖着把抽屉里的书交给了王老师。"抄书！下课来我办公室。"王老师冷冷地说完就走了。

这就是我们的班主任，一个拥有"顺风耳"和"火眼金睛"的"猴子老师"。

2021 年 9 月 27 日

水

水

无色无味

透明无比

生命之源

不可估量

水

小到一滴雨

大到无边海

水

奔流不息

勇敢向东

归入大海

水

像探索家

勇往直前

水

像伟大的祖国

永远不放弃

永远不退缩

祖国像水

与我的生命紧紧相连

2021 年 10 月 2 日

地球发烧了

空山新雨后，天气晚来秋。往年的"十一"小长假，乌鲁木齐的秋老虎总会出来捣蛋。还记得去年这个时候，天气格外炎热，我和小伙伴一起去公园打水仗。但如果是今年这时候打水仗，那么打水仗的小伙伴儿就要进医院了，因为今年"十一"，乌鲁木齐冰雪交加，气温零下 13 摄氏度。

今年"十一"我在苏州，苏州这里零上 33 摄氏度，坐在车里不开空调，就像坐在热锅里一样。我听一位长期在苏州生活的哥哥说，往年"十一"小长假都是凉风习习，秋高气爽，可今年热得不正常。

今年苏州露着腰，乌鲁木齐裹着貂；苏州吹空调，乌鲁木齐来暖气；苏州烈日炎炎，乌鲁木齐雨雪交加。

难不成是地球发烧了？苏州像滚烫的额头，乌鲁木齐像冰冷的手脚。

地球不会得新冠肺炎了吧？那口罩往哪戴呢？做核酸的

棉棒往哪捅呢？会传染别的星球吗？冰冰贴往哪贴呢？

如果地球真的发烧了，我该怎么办？

2021 年 10 月 6 日

村

山上开满紫马兰

紫中约有金菊掺

村民回家相约晚

万家灯火祥和安

2021 年 10 月 22 日

螃蟹特工

一、特工小蟹

"总部，总部，我是特工006……"一只螃蟹蹑手蹑脚地解开身上的绳子，从一个盒子里跑了出来。

"006，听着，咱们幸存的螃蟹就靠你了。"小蟹戴着耳机，眼睛上挂着一副智能眼镜，对总部说："放心吧，特工006小蟹一定完成此任务！"小蟹躲到一个阳澄湖大闸蟹的盒子后面，打开了小笔记本，飞快地查看这家人的资料：

"出租小屋全是女人！合租，一位姐姐，一位妈妈，一个孩子。嗯，全是女的，如果按我的计划，一钳子下去……不不不，那实在太暴力了。算了，看看情况吧。"

小蟹从一堆锅碗后溜到了冰箱旁边，放下一根绳子，小心翼翼地滑到了地上。这地可真冷啊，小蟹趴在地上，完全不适应这温度。

"哈——"小蟹看见一位年轻的姐姐坐在桌子旁打了一个大大的哈欠，望向厨房。小蟹天天训练，练出了一身肌肉，体壮个高，非常显眼，"嗨——"小蟹那时急得没办法，只好硬着头皮跟姐姐打了一个招呼，然后溜进一旁的缝隙中。

夜深人静，此时已经凌晨 3 点了，小蟹从缝隙中跑出来，穿上夜行衣，查看起地形来。"啊，这是高原。"小蟹爬上沙发说，"这是什么山，怎么这么高？"小蟹指着冰箱惊讶得呆住了。它来到了一个黑黑的走道儿，打了一个寒战。耳机里面传出了总部——螃特军的大叫大骂："胆小鬼，早知道你如此胆小，我就派其他蟹去了！"小蟹恨得直叫："哼，我不胆小！"说完小蟹一溜烟儿，溜进了一张床的底下，在床下建立了一个小指挥部。

二、乐极生悲

总部那里一直没有发出半点儿声音，小蟹不放心，在夜里爬回了盒子里，这一回去，把它吓了一大跳。

盒子里，少了 5 只螃蟹，其中 2 只平民，3 只指挥官。小蟹听见有人过来了，连忙把盒子关上，跑进了昨天的缝隙中。来者是一位看似很有经验的妈妈，她看见了一条捆绑螃蟹的绳子,大叫道:"不好,跑了一只!"厨房门外有走路的声音,"我的天,这家人不会养有猫猫狗狗吧?"小蟹小声说着。用小得不能再小的小豆眼儿四下张望。"跑了?昨天我看见一只螃蟹,个高体壮,好像很有礼貌,还跟我打了一个招呼。"小蟹一听,心想:"大事不妙!他们不知用了什么高科技,知道我的下落了!不行,我要找个地方躲一躲!"等这家人走完了,小蟹急急忙忙跑出来,它想找一个藏身地。

终于,小蟹找到了一个垃圾桶,它见垃圾桶中的垃圾很多,二话不说,大长腿一迈,就进入了臭气熏天的垃圾堆中。"好脏啊,好臭,好恶心。"小蟹可是贵族出身,没吃过这样的苦。它被弄得浑身脏脏的,小钳子上的毛毛沾上了灰尘和小棉絮,它就只好在垃圾堆中度过一场将要来临的"暴风雨"。小蟹在里面坐着,十分无聊,耳机中突然传出螃特军的大骂声:"脏蟹臭蟹!躲在垃圾堆里是什么意思?没有一点儿斗争精神!"螃特军在箱子里一边卖力地挣脱着绳子,一边对小蟹大吼大叫:"小蟹,006号特工!你听着……"小蟹把耳机关了,想哼几支小曲儿:"咯哩咯哩,我亲爱的,咯哩咯哩,我的爱人,咯哩咯哩……"小蟹听见了动静,吓了一跳,但没有发现什么,它就继续哼小曲儿:"咯哩咯哩,噢,我亲爱的……哎呀!谁把我抓起来了?

救命！"小蟹被妈妈捉住了，妈妈洗去小蟹钳子上的脏东西，把它放回了盒子中。

特工 006 号——小蟹，这个特工的名字就此没落。

三、最后一次斗争

小蟹在盒子中那是又气又恼："就差一点儿，要不是我哼歌，估计早就胜利了。"

螃特军走过来对大家说："大家注意，从今天起，大家都听我的！"平民有点儿生气，一个站出来问："你有什么资格让我们听你的？"螃特军一听笑了，"啪！"螃特军的小身子突然壮大，它把身子鼓起，撑破了衣服，开始耍帅。"为什么？我乃是东海龙王手下的一级将军，到阳澄湖来也是奉龙王之命。"大家一听，什么？东海龙王的手下？！于是，都不吱声了。

"今天吃一个大大大螃蟹，那样心情会很好。啦啦啦啦……"一只戴着皮手套的手伸进了盒子中，螃特军忘了收钳子了，身体硕大，一下子被提了出来。"啊——"螃特军被放入了水池，"冷静！我要想个办法！有了！"螃特军马上不吐泡泡了，眼睛努力不动，它要装死！

"呀！怎么死了？"那个妈妈说，"太可惜了。"她解开绳子，螃特军展开了手脚，张牙舞爪的，这可把那个妈妈吓坏了，她直接把螃特军扔入了水池中。可怜的螃特军，它背贴地，怎么也转不过来，小脚在空中焦急地抖动着，小钳子也四下挥舞，可它还是逃不过要被吃掉的命运。螃特军被放入锅中，背上烤火了，它用自己的脚和钳子尝试打开锅盖，可用尽全身力气，除了身体一点点地变红外，那锅盖纹丝不动。"呃，死去的时候，能在战场上，我很开心……"说完它闭上了眼睛。

晚上，小蟹溜出来，看见了螃特军的尸骨，眼泪一下就流了出来。"哥——"小蟹放声大哭，说，"哥，你别走啊！哥——"

四、逃跑计划

小蟹还沉浸在悲伤中，突然，有什么人走了过来，小蟹急忙爬回盒子，它以为自己要被吃掉了，噘着个嘴巴，闷闷不乐地和自己做着最后的道别。

"妈妈，先别吃，我想养着这只螃蟹！"小蟹一听，自己不用被吃掉，心里正激动着，就听另一个人回答："不能养。它不被吃，也会自生自灭，很浪费的。"小蟹板起了脸，连声叹气，正准备向总部发回遗嘱时，就听见那女人又说："不过养几天应该不成问题，先养着吧。"小蟹的心终于有了安慰。这时，一只皮手套把小蟹抓了起来，放入了阳台上的一个蓝色水盆中。

"她们没盖盖子！"小蟹高兴坏了，"天助我也！今晚我就要逃出去！"小蟹静静地等着……

一弯新月挂在天边。天黑了，小蟹四下张望，阳台没人！于是，小蟹迈出它的大长腿，先用其中两只脚使劲儿向上，抓到了盆子边上，又用支撑的四条腿一蹬地，上面剩下的两条腿也钩在了盆子边上，它顺势做了个侧方引体向上。"啪！"小蟹翻出了盆子，掉到了一张桌子上，小蟹捂着屁股蹦来蹦去，嘴上嘟囔："疼，疼死我了！"小蟹找来一些杂物，把杂物推下桌去，飞身一跃，跳下了桌子。

阳台没人，但不等于客厅没人，一个姐姐和一个妈妈在客厅谈事。听见这奇怪的声音，那姐姐一路小跑到阳台，大叫一声："哎呀！"小蟹吓了一跳，像无头苍蝇一样爬来爬去。那个妈妈听见了叫喊，赶忙来到阳台，小蟹爬入墙角被妈妈抓住，又被放入了盆子里。

那个妈妈还给小蟹做了一个"粉色的天空"——一只粉色的脸盆扣在了上面。"哼！小意思，我能把天移开！这样也是可以逃跑的。"小蟹正想着，谁知那个妈妈又在上面放了两大包卫生纸。这下可把小蟹气得直跺脚。可生气归生气，还得想着下一步逃跑计划。

五、圣人的指点

"唉，一点儿思路也没有……"小蟹在盆底用脚无聊地画着圈。突然，粉红的天空被拿开了，一个小娃娃的脸出现在上面。那娃娃有红红的小脸，眉毛如同一弯新月，杏子大小的眼睛，平平的小鼻子下有一个标准的红润嘴唇，牙齿洁白如玉。"咦？我死了吗？怎么会见到这么美丽的天使？"小蟹想，"哦，对，对对，是救过我的小女孩呀！"

"小蟹早啊。"

小蟹惊呆了："她是怎么知道我的名字的？"

"你太可怜了，大人们要吃你，你逃跑吧，能逃多远就逃多远吧。"说完那女孩就走了，小蟹愣了一会儿才回过神来："这人真好啊，幸好有这位'圣人'及时出现，为我指点，不然我真的就要死了。"小蟹又轻功附体，一下子就翻了出去。

一个女人从这里经过，看见一只螃蟹正扭着身子向外面爬，那女人吓得不知所措，大叫了一声："王总，你家的螃蟹又要逃跑了。"小蟹吓了一跳，只见又跑来一个女人，它不禁汗毛倒立："这不就是上次捉我的女人嘛！这个女人好猛！拼了！”

女人上去就抓小蟹的屁股，小蟹涨红了脸，舞动着双钳，仿佛龙爪在舞动。女人如同斑斓猛虎，虎爪翻扣在龙的身上。龙舞动双爪，好似要腾空而去，虎见势不妙，上屋抽梯，龙被困在桌子上，虎咬住龙，准备把龙关起来。龙也不是吃素的，立起身，龙眼凸出，怒目圆睁，一爪子上去打在虎爪上，虎一声咆哮，放开了龙，龙四下翻飞，逼得虎连连后退。龙伸开爪子，好似要翻江倒海，猛虎咆哮不停，似要召集百兽。猛虎身轻如燕，跳过了龙，龙又被虎抓住，龙气得上下舞动龙爪，可最终还是难逃虎爪，被虎放入了盆子中。

“哼！还想逃，没那么容易！”女人冷哼了一声，用手将额前被汗打湿的碎发别在耳后，一甩头，走了。粉色的天空，又罩在了小蟹的上面……

六、逃出生天

小蟹像盘古一样使出吃奶的力气开天辟地，天被打开一个小角，小蟹累得不得了，闭上了眼。

“咦，这是哪儿？”祥云在小蟹身边围着，一个身影飘飘然地飞了过来，小蟹睁大眼才看清，那是东海龙王。小蟹一把鼻涕一把泪，像吐酸水一样，叽里咕噜地将自己和螃特军的遭遇全部说了出来："龙王，龙王大人！快来救我啊！"龙王连声叹气，安慰小蟹，紧接着驾起了祥云，带小蟹飞向南天门。

"参见大圣！""不知老龙王来见本大圣有何贵干？"孙悟空一点儿没变。金箍棒，长尾巴，全身散发着金光。"唉——还不是为了我这苦命的蟹儿。"龙王连连摇头，"小蟹被捉入了别人家中，要被吃了，求大圣开恩，炼个仙丹给它吃了，救救它吧。"孙悟空紧紧地皱了皱眉，又眉开眼笑地说："行，老龙王，你先出去。出去，出去。"小蟹吓得直打哆嗦。为什么？因为小蟹没见过孙悟空，它被大圣的长相吓到了，圆圆的大眼睛射出金光，耳朵高耸，满脸的长毛，雷公嘴，七高八低弧拐脸，两只黄眼皮，两个獠牙往外伸。

小蟹一动不动，小声说："完了。"

孙悟空大吼："完什么完？你叫小蟹？"小蟹"哇"地大叫一声，只见大圣拿起金箍棒，就来了个横扫千军。小蟹的反应那叫一个快，一个鲤鱼打挺躲闪开来。"好小子，好久没打人了，我就是练练手脚，你不用紧张。"孙悟空抽出金箍棒又是一个天下归藏。小蟹飞身跳到一支长枪上。使了夺命枪法，孙悟空一棒子打断了长枪，小蟹连连后退，"好！好！好久没有谁跟我玩了，今天总算是有个对手可以

练一练手脚。不错，反应很快。仙丹在这儿，吃下后你就会
有好造化的，去吧。"孙悟空一把就把小蟹推下了云海。

"哎呀。"小蟹又回到了盆子里，他和小女孩告别后，就把
手中的仙丹吞了下去，身体被定住，灵魂飞上了南天门。从
此，他就成了孙悟空的秘书。

"你为什么会被抓住呢？"大圣问小蟹。小蟹在南天门
上向下望着自己的尸体，沉吟了一会儿，说："这是一个美
丽的故事……"

七、番外

一声小孩儿的啼哭声从阳澄湖湖底传来，小蟹来到了这
个世界，爸爸乐得合不拢嘴，妈妈对着小蟹又亲又抱。螃特
军还是个7岁的小娃娃，看见父母只疼爱小蟹一个，心里非常
生气，于是收拾了行囊到东海龙王那儿投军去了。

小蟹一家很幸福，不过在小蟹5岁的时候，可怕的事发
生了。一条小船在水面上漂着，大网从天而降，正好网住了
蟹妈妈，爸爸要去剪断绳子，结果又被一张网网住。爸爸妈
妈对小蟹大叫："快走！去找你哥哥螃特军！"网被提了上去，
小蟹亲眼看见父母被抓走了，他忍住悲伤去找哥哥螃特军。

小蟹跑出阳澄湖，顺着一条小暗河一直漂到了东海。

　　东海可热闹了，街面上全都是好吃的、好玩的。螃蟹、大虾、鱼、海龟、鲸鱼、鱿鱼、鲨鱼……还有一位身着青色衣服的老龙王。两只袖子甩来甩去，后面还跟着一个身强体壮的螃蟹。小蟹一眼认出了那个螃蟹就是哥哥！顿时哭得稀里哗啦，两只小眼儿喷射出泪水，全喷在螃特军的身上。螃特军问小蟹："怎么了，恶心鬼？"大家哄堂大笑，大家认为小蟹如果跟了螃特军，那螃特军可要吃苦了。

　　"爸妈被抓走了，全完了。"小蟹说完，突然，天色暗了下去。船桨声打破了这里热闹的气氛。"不好！是船，他们又来了，大家快逃！"不到一分钟，整条街上死气沉沉，老龙王快马加鞭到了水晶宫，才得以安稳。他命人给小蟹倒了一杯茶，说："小蟹从何出生？"

　　"阳澄湖中心蟹杏家。"老龙王"哎呀"一声，滚下了龙床，急切地问道："它在何处？蟹福在何处？"老龙王边哭边说："我的恩人，我的恩人啊！"龙王的行为让小蟹很不解，海龟大人过来，慢慢说道："龙王很小的时候被人抓住过，是你的父母救了他，要不是你的父母，龙王早就被吃了。"老龙王呜咽着，指着小蟹，问："你愿意当特工吗？"小蟹举起蟹钳向龙王致敬："我愿意！"

　　这年秋天，老龙王收到信，信上说阳澄湖蟹危，需要调查，龙王就把小蟹派了过去……

"大概就是这样。"小蟹对孙悟空说道。

2021 年 10 月 25 日—11 月 2 日

诗词大会

我的心如同一只野兔，在我的胸腔里蹦来跳去。我的双眼直直地盯着一道道关于诗词的题目。

周五学校要举办诗词大会，每个班先选出4名选手，其中就有我。我非常紧张，和其他三人一起吃完饭后就被推上了舞台。我虽然参加过很多比赛，但还是很紧张。

第一关必答题。"开始答题！"主持人一声令下，我上亿的脑细胞疯狂地查阅着答案，心惊肉跳，挥汗如雨，急急忙忙地答完了题。

第二关抢答题。抢答题的抢答器非常不给力，常常说我们犯规，不过最终还是抢到了一题，这才保住我进入风险题。

第三关风险题。风险题规则是你说对了加分，错了不仅不加分，而且还要扣掉相应的分数。组员们把这个重任交给了我，我最后一个回答，前怕狼后怕虎，哆嗦着说出了答案：莫愁前路无知己，天下谁人不识君。"回答……"我闭上了双眼，一万头大象奔过来，一万颗原子弹马上就要炸响……"正确！"我兴奋得不得了，大象跳起了舞蹈，原子弹变成了烟花，换来了组员们的赞美："真了不起。"

最后一关比赛进入白热化阶段。只剩我们班、四（1）班、五（2）班。加赛的题目全答完了，校长看不下去了，对我们说："我来出题！"

"柳在诗中指什么？"大家沉默不语。路言说："柳的谐音是留。意思是诗人想让朋友留下。"校长点点头："对了，五（1）班获胜！"我们开心极了："我们是悠然自得队，我们的口号是采菊东篱下，悠然诵诗词。"

诗词大会不仅让我们亲近了中国传统文化，还让我们了解了学习诗词的方法和方向。

2021 年 10 月 31 日

其实没那么可怕

"不，不！我不要去打疫苗！"我哭着往外逃，可又被一只手抓了回去。

我在跟猫玩的时候被抓了一道很深的口子。姥姥带我去了医院，医生看了看我的伤口，说："要打疫苗，现在就去吧。"我全身一颤，六神无主，姥姥交了钱带我去了三楼。医生还在休息，我就在座位上坐着，平复一下我的心情。

"放松——放松——"我做着自我安慰，"唉，如果我没有跟猫玩就好了。都怪我，现在我要吃多大的苦头啊，以后不能跟猫玩了。"我心中翻江倒海，浑身上下都不舒服，心脏马上要跳出嗓子眼儿了，犹如一个要跃出地平线的太阳。医生打了一个哈欠，戴上了白手套，消了消毒，拿出了针和药剂："小朋友，来，到你了。"我吓得退后了几步，姥姥又把我推过去。他们使出九牛二虎之力才把我按住，脱掉了我的一只衣服袖子，我的手好像握着一个电钻，不停地抖动，医生没办法下手，只好吓唬我说："你要再抖，针就扎歪了，还要重新扎。你放松，打针其实不疼的，就像蚊子叮一样。"我立马控制住我的脚和手，我可不想多扎针，只觉得胳膊上方一凉，一股酒精味钻入鼻孔。

我心中的火山马上就要喷发了。一个面目狰狞的魔鬼正在火山上哈哈大笑，我忍不住惊叫起来："救命啊！"屋顶都快被我的叫声掀翻了，震耳欲聋。"咦？一点儿也不疼。"我才明白过来，疫苗已经打完了。心中那狰狞的魔鬼和喷发的火山也不见了，一个美丽的天使伴着一道彩虹走进了我的心中。我平静了许多，谢过医生就去观察室等待了。

其实，打疫苗一点儿也不可怕，很多事情就像打疫苗一样，之所以会怕是因为内心不够强大，所以我们从今往后都要做一个内心强大的人。

2021 年 11 月 14 日

记忆里的芬芳

今天我是老板

跳蚤市场开业了。中午，我们五年级的同学，蹦蹦跳跳地拿上自己带的东西，开开心心地去摆摊儿了。

李梦洁跟我一起，我们把带的东西一股脑地倒了出来，什么贴画、本子、挂件、书、笔、便利贴、纸巾、糖……种类繁多，数不胜数。可是我很担心自己的东西卖不出去，因为这些大多是用过的，有一些已经破旧了。没想到，一开张我的小铺就挤满了人，大家争先恐后地挑。"这本子怎么卖啊？""好漂亮的书签儿，来一个吧。""好多实用的东西啊。""买一个便利贴吧。"或许是因为这些东西种类很多，样式新颖，正是他们需要的，所以才如此热销。

一切再顺利不过了，东西卖了一大半，钱赚了很多。让我没想到的是，我的小东西竟然把老师也吸引了过来。孙老师走进了市场，发现消防柜这边有很多人，于是就使出九牛二虎之力挤入了人群，盯着一个回形书签儿看，像是在解一道题。她看了很久，眼睛滴溜溜地转着，嘴角上扬，点了点头问："这个多少钱？"我接过回形书签儿，看了又看。这是一只蝴蝶形状的书签儿，栩栩如生，仿佛一不留神，它就会展开自己金色的翅膀，飞向天空……我想：孙老师是老师，我得给她优惠一点儿，但也不能亏本儿，取个中间数吧："两毛钱。""成交！"孙老师爽快地说。我想：呀！不对。价格低了，亏本了，孙老师如此爽快，一定是因为她觉得太划算了。"不对，4毛！"我马上改口，孙老师气得像个娃娃，�’着嘴，跺着脚，指着我说："你，你，你！坐地起价，黑心商人！"我也觉得有些过分了，说："两毛，不能再低了。"孙老师付了钱，拿着回形书签儿走了。

书签儿旁的八尾嘿嘿地笑着，仿佛在说："黑商？嘁，一个名副其实的蠢商人。"我马上给了它一个犀利的眼神，用心电波对它说："你也好不到哪去，长得这么难看，谁会买你呀？"

八尾——一个10元扭蛋里扭出来的小摆设。羊的身子，紫色的皮毛，8条章鱼尾巴在身后卷着，还断了半边。这时，一只大手从众多手脚中伸了过来，一把抓住了八尾，我吓了一大跳。一个人从人群中钻了进来，原来是数学老师招老师，招老师为了光临我的小摊儿，竟然是从地上"爬"过来的。我心想：招老师，我不学好数学都对不起你！招老师抓着八尾，左看看，右瞧瞧，好像很喜欢的样子。我抓住机会开始大力地推荐："老师，您看。八尾是一个幸运摆件，当您改到令您头痛的作业时，看一眼八尾，您就会心情愉悦，快乐无比。"听完我的推荐后，招老师频频点头，问："多少钱？"我立刻回答道："5毛钱。"招老师脸一板，放下了，说："太贵了，不买了。"我马上改口说："您是老师，4毛钱成吗？"招老师说："成交。"

我的小摊受到了广泛好评，我想等下一次再办跳蚤市场的时候，可以把我的小摊升级成商铺，这样我又能当老板了。

2021 年 12 月 4 日

绿

是上帝太马虎

打翻了绿色的墨水

还是秋冬犯了错

让人间久久等不来红

绿哇

你不再像是

秋天落叶中

那让人赞叹的颜色

墨绿、浅绿、黄绿

淡绿、翠绿、嫩绿……

所有的绿交织在一起

堆在一起

挤在一起

绿哇
你何时才退去
披上红黄的上衣

绿哇
早点退去吧
好让红枫
早点满枝头

2021 年 12 月 7 日

想到他我就很激动

有个人，我一想到他就泪如雨下，非常动情。

姥爷喜欢钓鱼，我可喜欢这些肥美硕大的鱼儿，看着它们游来游去，我不住地拍手转起圈圈。姥爷呵呵地笑，拉着我的手一起从红雁池回家。

回到家中，姥爷围上围裙，戴上厨师帽，拿上铁铲，活像一个顶尖的外国厨师。他拿起鱼，手起刀落，鱼刺就出来了，鲜红的血让人汗毛倒竖。不过他撒了一点儿小葱、姜片，还有几小段辣子，又用锅一蒸，鱼肉就变得鲜美无比，那种味道我一直都记得。

姥爷非常疼我。记得有一次，我不小心弄翻了鱼食盒，鱼食撒了一大片，我羞红了脸，姥爷走过来拍了拍我的头，坐在小凳上一点儿一点儿地捡。盒子是玻璃的，所以也碎了，姥爷连忙查看我的全身，问我有没有受伤。我问："姥爷，你不怪我？"姥爷笑道："糖呀，有一句话叫作岁岁（碎碎）平安，落地开花，打碎了盒子没关系，还能保平安呢！"我笑了，走过去和姥爷一起捡地上的鱼食。

姥爷是我的好伙伴。妈妈去上班了，我就溜进姥爷的房间跟他玩一些稀奇古怪的小东西。比如，一些闪烁着光芒的荧光棒，一些长长短短的鱼竿，还有一些玉和护身符什么的……

姥爷非常好，为了我的生日，他想方设法给我惊喜，还送了我一根小小的钓鱼竿。

可是他去了很远很远的地方，我非常想他，一想到他我就很激动。

2021 年 12 月 11 日

雨中即景

周末，妈妈开车带我去金鸡湖玩。

玉帝好像不太高兴，派风婆婆去放风，风刮得真猛啊，抓住书包带就能做个书包风筝了。我急忙跑入车里，系上了安全带。

太阳公公在一朵白云上趴着休息，不知道乌云大军已经身穿黑衣黑甲，骑着马快速赶来，闪电爷爷抓起了毛笔在天空中画着闪电。闪电撕开了层层黑云，像天龙下凡一样，劈了下来。雷奶奶不喜欢闪电爷爷的作品，开口大骂。那声音赛过了爆竹炸响。

雨公公眼睛不太好，没看见前面有一块石子，跌倒在地。装雨水的小瓶子从口袋摔了出来，盖子掉了，雨水就一股脑地从瓶中流了出来。有几个胆大的跳到了人间，化作毛毛细雨，其他雨也纷纷跳了下去。雨顷刻间大了很多，变成了倾盆大雨，大雨挟着雷电，吓得我抱紧了姥姥。

雨公公爬起来，连忙把雨瓶盖盖上。雨渐渐变小，变小。乌云大军被风赶跑了，雷奶奶也不再骂了，闪电爷爷吓得收起了毛笔，不敢再画了，太阳公公又探出了头，向大地洒阳光。金鸡湖到了，金鸡湖好像个羞红脸的小姑娘，湖面上蒙了一层薄薄的轻纱，天空中架起了一道彩虹，美丽又和谐。坐在小船上，雨后那新鲜的空气让我连连赞叹，这都是雨点的杰作，天空碧蓝得像一块蓝宝石，没有一丝杂质。

雨中虽然不好看，但雨创作了雨后那和谐的画面。生活也是如此，我们该拼搏努力，是金子总会发光。

2021 年 12 月 14 日

何以解忧？唯有____

　　周末，老师给我们布置了一篇半命题作文："何以解忧？唯有____"我不知道忧愁是什么意思，于是我查了资料：忧愁是因遇到困难或烦心的事而苦恼。我想来想去，终于发现了我人生中第一个忧愁，那就是没有忧愁。

　　我想看看名人们都有什么忧愁，曹操在《短歌行》中写道："慨当以慷，忧思难忘，何以解忧？唯有杜康！"可是，曹操只写了解忧的方法，并没有告诉我们他为什么而忧。

　　俗话说，书是知识的海洋。我可以从书中找到答案！于是我翻看起《格列佛游记》《童年》《麦奇的礼物》……结果我越看越开心，因为这些主人公都跟我一样，没有忧愁！

　　但是，他们都有困难，如果忧愁可以和困难画等号，那么他们解决困难的方法是拼搏向上，勇往直前。

　　在生活中，也有很多人遇到了困难，但他们没有忧愁，而是勇敢面对，克服困难。比如，一直走在寻找孩子道路上的郭刚堂，自从儿子被拐卖后，他很忧愁，但是他没有放弃，而是苦苦寻找自己的儿子，终于在今年，他找到了失散24年的儿子！还有在公交车上与小偷搏斗的公安大学学生陈昕，面对小偷的威胁，他不怕危险，坚定地说："我是警察，不怕你记！"最终，他生擒了小偷，为老百姓挽回了损失。大家熟知的奋战在一线的钟南山院士也有忧愁，但他也没有退缩，而是坚定信念，带领他的团队与病毒做斗争，我相信钟南山院士和他的团队一定能够消灭病毒。还有我们的国家主席习近平爷爷，他希望全中国走向富强，我知道在这期间他也有很多的忧愁。可是，每当我在电视上看到他的时候，他总是面带笑容。我相信，他一定会带领共产党和全国人民一起，为中国人民谋幸福，为中华民族谋复兴。

我认为：何以解忧，唯有拼搏！我觉得，我没有忧愁的忧愁是我人生中第一个忧愁，也是我人生中最后一个忧愁。

2021 年 12 月 18 日

秋天的信使

一片一片的银杏叶

如同披上黄衣的蝴蝶

优雅地飞落

金黄的菊花争相开放

俏丽的枝头生出烈火

那是秋天的信使

鲜红枫叶缀满枝头

荷花谢，菊花绽

寒风中带着菊香

迷迭花，定有情

味道清新扑鼻

秋天的信使啊

你忘了秋天在哪里

秋天就在你的心里

你就是秋天的信使

2022 年 1 月 17 日

冬与春的交接大会

冬与春的交接大会上，场面十分安静，富丽堂皇的大厅里只坐着冬和春两人。

冬写完交接手续交给春，两个人就坐在会议桌的两边，春先开口了："这个，冬啊，你的使者们呢？"冬还在发呆，一听春问自己的使者们哪里去了，便摆了摆手，叹了一口气说："唉，雪还在乌鲁木齐待着呢。"春张大嘴巴："啊？雪现在不是应该放假休息了吗？"冬耸了耸肩，无奈地说："乌鲁木齐现在零下几摄氏度，零下几摄氏度时，雪要飘，冰要结，这是规矩。而且，雪嘻嘻哈哈的，没个正形，专挑自己筐里的大片雪乱撒。北风也和雪在一起呼呼地闹，冰把天池给封了，泼在地上的水呢，唰地就变成了冰，冰还管水叫大哥呢。他们想抓住我的尾巴，做最后的疯狂，全都瞎闹起来，还美其名曰：温度这么低，我们是在尽义务呢！"

冬看了一眼春，扬起了眉毛说："春，现在到你说了吧，为什么你的花使者们也没来呀？"春趴在木头做的会议桌上，无精打采地把头蒙住："别提了，实不相瞒呀，它们在苏州开花儿呢，还要举办什么最美花儿选美大比拼。"冬大叫一声，拍案而起，手指着春吼道："好呀，交接大会的批准单还没给你呢，你怎么能够让她们百花先开放呢？你打破了规矩！"春抬起一只手无力地摆了摆，又靠在软皮沙发上看着冬："你的脾气要改呀，别冲动，苏州比较靠南，又离赤道比较近，如今每天的温度都在5摄氏度以上，你的使者冬天时都没来过苏州，这儿的花儿都是被迫开的。迎春花儿早就开了，玫瑰也偷开了好几朵，桃花儿在野外开了好几株，郁金香早上还在人家阳台上给我做鬼脸呢。"

冬的气消了，靠在座椅上吹着气，对春说："那怎么办？"春想了想说："看天气吧，乌鲁木齐什么时候在0摄氏度以上再叫我吧，我再眯一会儿。"

2022年2月22日

不愧是传奇

离我家不远，有一个叫"传奇水疗"的洗浴中心，到底怎么传奇呢？我们一家打算进去探个究竟。

进去后，把鞋一脱，衣服一换，打开开关，热水马上把我抱在怀中。我长长地舒了口气，"啊——"的一声，猛地跳入水池里，美美地泡着小温泉，惬意地看着《新闻30分》。新闻看够了，就在水池中潜水，左一下，右一下，上一蹦，下一潜，好不快活。

"糖糖，快去搓澡啊！"一听这话，我好像被五道闪电打中一般，小声说："哦，不不不不不，这就不好玩儿了，我不喜欢搓澡，搓澡太可怕了！"我左躲右闪，可还是被姥姥捉住了。"快去！"我只好爬上了搓澡台。

那个女人给我浇了点儿水后，猛地一搓，"嗷——"我疼得嗷嗷直叫，她好像在拿砂纸给我搓！我的叫声要将房顶掀翻，但她好像并没有听见我那惊天动地的一叫，又开始搓了。不一会儿，我的身上就穿上了迷彩服，有白的、黑的、红的、紫的，还有青的……我忍不住了："嗯，能轻一点儿吗？"她并没有说什么。我以为她要用行动来表示，结果她搓得比之前还要用力十倍。她一定想说："不行！"

我都开始幻想：阿姨是一个凶猛的野人，架起火，把我捆在上面，洒水等于洒调味的汤汁，有麻辣味儿的，有花椒味儿的，她是要生吞了我吗？还是说她要拿我切块下酒吃？天哪！还是那个魔鬼！要把我拉下十八层地狱，之后，再在岩浆中过一遍，把我切成肉丁包饺子吃？天哪，太可怕了……

原来这就是"传奇"啊！

2022 年 3 月 6 日

少先队员如何传承中国传统文化之诗歌创作

在生活中，我们知道很多文人墨客创作的诗词歌赋。每首都优美又很有韵味儿。不过，我们现在只是在朗读和背诵诗词，并没有创作诗词歌赋的能力。现在的我们就像貔貅一样——只进不出，更何谈传承呢？

初唐四杰之一的骆宾王，7岁时就写得一首流传千古的《咏鹅》。我从记事到现在，却没有听到哪位同学创作了一首诗歌。而我所知道的现代诗人艾青、徐志摩、闻一多等，都是我太爷爷那一代的人了。时代在前进，就如同诗歌的演变，从《诗经》、汉赋到唐诗宋词，又到现在。可现在叫什么呢？

听老师讲，从我上学开始，语文书就有了很大的变化。最大的变化是换掉了约40%的课文，古诗词、文言文比例大幅提升。小学六个年级古诗文总数增加了55篇，增幅高达80%，总计124篇，占到了全部课文的30%。初中三个年级古诗文总数也提高到了124篇，占到了全部课文的51.7%。我现在五年级了，每学期都有8节以上的写作课，再加上些课外的写作指导，我至少也上了近100节的写作课了。可没有一节是教我们如何创作诗词歌赋的。就连种类繁多，浩如烟海的新华书店也只有教大家写景、写人、记事等的作文辅导书，还是没有教大家创作诗词歌赋的专业类书籍。就连我们经常求助的"度娘"，也不能准确地教我们如何创作优美而有韵味的诗词歌赋。

我觉得我们不能像貔貅一样只进不出，不能只背诵，不创作，我们应该继承古人写诗的方法并流传下去。我想了几条建议：一、学校可以开设一个教大家创作诗词歌赋的课堂，教大家如何运用"平仄"创作出优美有韵味的诗歌。二、可以把同学们写得好的诗词收集起来，辑成一个小册子，供同学相互学习。这样不仅可以培养同学们对创作诗词的兴趣，还可以增强同学们的创作信心。三、每个班级可以办一个诗词榜，把班级中同学们写得好的诗歌贴上去，每个月更换一次，并让上榜的同学给大家进行解说。

诗词歌赋是中华民族智慧的结晶，既有宜人的景色，又包含做人做事的道理，还有无限崇高的思想，是我们汲取文化素养的源泉。

腹有诗书气自华。弘扬优秀传统文化，不仅是简单的传，更是要掌握方法和精髓，有创新的作品让其"承"下去，这样才可称之为真正的传承。

2022 年 3 月 26 日

我们的母亲

每个人都有一个独一无二的母亲

而我们又有一个共同的母亲

母亲的名字叫中国

那清澈的抚仙湖

是她那碧蓝的眼睛

那滚滚的长江黄河

是她那美丽的秀发

那连绵的山脉

是她那绿色的长裙

母亲啊

如果没有您

就没有小小的我们

我们用努力祝福您幸福安康

我们用汗水让您青春永驻

我们用奋斗让您更加多彩

中国——我们的母亲

我们那可爱的母亲

慈祥的母亲

知识渊博的母亲

我会永远永远

深爱着您

2022 年 4 月 4 日

五角星的意义

——读《闪闪的红星》有感

"妈妈，为什么老师表扬我都要用五角星呢？"妈妈听完笑了笑，给了我一本《闪闪的红星》。

读完后，我明白了，五角星本来很普通，正是因为戴在了红军战士的头上才闪闪发光。

《闪闪的红星》的主人公是一个叫潘冬子的小男孩儿，7岁丧母，父亲长征。他在跟白狗子们的斗争中，成功砍死了胡汉三，又用当年父亲留下的红星找到了父亲，最终把那颗红星戴在了自己的头上，成了一名真正的红军战士。

潘冬子的童年是悲惨的。他只有一些自己做的小玩具，没有水彩笔，没有电视，更别说乐高和手机了。地主和官商勾结让他们吃不饱，穿不暖，用"朱门酒肉臭，路有冻死骨"来形容当时的社会现状，实在是太贴切不过了。而我们现在，闲的时候可以看电视，可以玩电子游戏，每顿饭吃得很饱，有各式各样的衣服可以穿，住在温馨的家里，物价稳定，政府官员为民服务……看！我们的祖国强大了，我们幸福地生活在现代化科技化的中国。但是战争依然存在，我们不是生活在和平的年代，而是生活在和平的国度。祖国的强大，人民的幸福，离不开像潘冬子一样的老一辈的革命战士们。

　　我读完这本书后，给我印象最深刻的一句话是宋伯伯对冬子说的："我们要像青松一样，风再大不低头，雨再猛不弯腰！"我下定决心，在学习中，当我遇到困难时，就要像青松一样不怕困难，勇往直前，像红军打白狗子一样，打败我的"白狗子们"。

　　美哉！我少年中国，与天不老。壮哉！我中国少年，与国无疆！看完《闪闪的红星》后，我终于明白了老师为什么要用五角星表扬我们，那是因为老师想用革命精神来激励我们好好学习，天天向上，为创造更美好、更富强的祖国而努力奋斗。

2022 年 4 月 8 日

我有一个梦想

小时候我有一个梦想

长大后要当发明家

发明厉害的东西保卫祖国

我有一个梦想

长大后要当画家

画出祖国的大好山河

我有一个梦想

长大后要当政治家

为中华人民带来幸福

我有一个梦想

长大后要当音乐家

每一个音符都是对祖国的爱

我小时候的梦想

之后将会实现

祖国

那时请您来听我说

我把您保卫

为您画肖像

为您的孩子们带来幸福

2022 年 4 月 18 日

三行诗系列

支援

明知危险

可还是不顾一切

去闯

2022 年 4 月 24 日

身影

虽然看不清你

但深知

你是英雄

印痕

"山川"

"河流"

都是您辛苦的见证

2022 年 4 月 26 日

大

大白的大

不是身材的高大

而是精神的伟岸

2022 年 4 月 26 日

逆行者

有一种前进叫逆行

有一种力量叫担当

谢谢你为我们负重前行

2022 年 4 月 26 日

送你一条红领巾

你是哪吒，拥有三头六臂

你是大白，给人温暖相助

送你一条红领巾

致敬我心中的英雄

2022 年 4 月 24、26 日

夏夜河边

蜻蜓俯身点河水

鹅儿回窝飞鸟归

萤火起舞映河辉

老者提竿把线垂

鱼儿团团睡莲围

合上眼睛美梦随

轻轻碰到河边葵

摘下绒球把它吹

电话响起声声催

一蹦一跳赶快回

2022 年 4 月 29 日

我眼中的鲁智深

《水浒传》大家一定读过，那 108 位好汉个个英勇无比，一心为民。其中，我最佩服的就是花和尚——鲁智深。

鲁智深本名叫鲁达，为别人报仇打死人后，在金老汉的帮助下，到五台山做了和尚，智深是他的法号。鲁智深生得面圆耳大，鼻直口方，络腮胡须，肚子大得像里面塞了个西瓜。别看他胖，武艺却非常高超，路见不平，拔刀相助，又有勇有谋，不是好汉是什么？

在拳打镇关西中，为金翠莲父女打抱不平，三拳就打死了镇关西。他勇敢、乐于助人的形象脱颖而出，让我十分钦佩。在倒拔垂杨柳中，生生把一棵高大粗壮的大柳树连根拔了出来，惊得我目瞪口呆。在林冲得罪了高太尉，被刺配沧州后，两个押送他的人打算在野猪林把他杀了。就在林冲将死之时，鲁智深及时赶到，救了林冲。这让我不禁想到，交朋友就交鲁智深这种人，粗中有细，又讲义气，多好啊。

从拳打镇关西到痛打小霸王，再到大闹野猪林，哪一件不能说明他疾恶如仇，不畏权势呢？金无足赤，人无完人，鲁智深虽然舍己为人，武艺高超，但他也有缺点——太傲慢、性急如火。虽然鲁智深也有缺点，但丝毫不影响他正义的形象。

2022 年 5 月 15 日

万里长城

　　被评为世界七大奇观的景观中，中国就有两个。今天我们就来聊一聊其中之一的万里长城。

　　万里长城是世界上修筑时间最长、工程量最大的一项古代防守工程。长城位于北京，它不断修筑了2000多年，总计长度达2万多公里。长城建于秦朝，秦始皇把七国的城墙连起来就有了长城，有关长城的故事有很多，比如击石燕鸣、冰道运石……其中，最著名的就是孟姜女哭长城。孟姜女哭长城，讲的是孟姜女的丈夫被迫修长城，最后累死，被埋在了长城下，孟姜女悲痛万分，哭了七天七夜，哭倒了长城，最后跳海自杀。

　　每个事物都有两面性，长城是古代人民智慧的结晶。长城对军事防御有很大作用，抵挡了匈奴的进攻，延缓了战争对内地的影响。坏处就是修长城要用大量的人力、财力、物力，虽然在军事上有优势，但不利于统一初期的社会生产恢复，为秦朝统治埋下了隐患。

古时候，长城是军事要地，而现在则是旅游胜地。"不到长城非好汉"一直刻在我们心中，中国的万里长城像巨龙在守护国家，是中华民族的象征和骄傲。

2022 年 5 月 29 日

西瓜水水肚

姥姥买了个大西瓜。

青绿和深绿交杂在一起。壳子上方一个绿色的小猪尾巴一卷一卷，勾引着你把瓜切开。瓜里面黑白两色的小子儿被红色的果肉包裹着，一起喊着："Eat me，eat me！"

拿小勺一挖，一个小洞洞在被切的地方流下了小红汤。吸一口，好似在花中飞舞，像是被甜甜的糖果包住，甜味儿绽开，恩宠了小舌头上的每一个味蕾，像是有一种莫名的优越感。

瓜也在内卷。

可能是因为太好吃了，于是我用勺子把瓜捅成片儿，又疯狂地乱搅，做成了手打西瓜汁。一杯，两杯，三杯……西瓜被掏了个大洞洞。只听新的鼓手走进了肚子。肚子里发出的水声一声大过一声，咕噜咕噜一阵闹腾之后，卫生间也成了打卡地！流水声好似瀑布，"哗——"一声冲下，水花四溅。一肚子西瓜水被冲了一遍接一遍，刚走出来，肚肚就又一咕噜两咕噜的，接着回去吧，因为喝西瓜汁，我有了一个"西瓜水水肚"。

咕噜！

2022 年 7 月 12 日

表　演

人间一场戏

变化又万千

心上

情上

随时都在演

有善意的演

有恶意的演

只有演才为戏

一场戏

一直没尽头

也没有休息

2022 年 7 月 14 日

我的家 我的国 我的梦

生吾炎黄，育我华夏，待之有为，必报中华。

载酒问字何取词，情感自在心意中。我、妈妈、姥姥组成了一个小而温馨的家。妈妈是共产党员，我是一名少先队员，姥姥是一名优秀的群众。姥姥常说：最长情的告白是陪伴。她从妈妈一出生就陪着她，陪她一起学习、一起成长，现在姥姥老了，但她依然陪着妈妈一起学习"学习强国"，还陪着妈妈的女儿一起学习、成长。我们全家经常参加一些社会公益活动，比方说：做志愿者，去社区做义工，帮助少数民族同学学习汉语……我还被评为"交通公益小精灵""环保小卫士"呢！妈妈说，爱的力量是无穷大的，爱家就会为家助力，爱国就会增强国力，爱梦想就会为实现梦想加速。

神州大地繁花似锦，祖国长空乐曲如潮。北京冬奥会、杭州亚运会、中国共产主义青年团成立100周年、神舟十四号载人飞船发射成功、我国第三艘航母"福建舰"下水试航……这一件件大喜事，足以证明我们的祖国正在飞速发展，像一条腾飞的巨龙冲向世界之巅。祖国的今天是全体共产党员和每一位爱国的老百姓，一起用汗水和双手造就的，祖国的未来一定会更加繁荣昌盛。

少年壮志凌云起，鲲鹏翱翔九万里。我要好好学习、努力奋斗，从少先队员成为共产党员，长大后我要当一名优秀的老师，把我所学的知识传授给更多的人。听妈妈说二十大就要召开了，我希望等我长大后，也能亲临中国共产党全国代表大会的现场，为祖国的教育事业建言献策，贡献自己的力量。

以智慧为笔，以汗水为墨，在时间的画卷上记录赤子之情，书写中国的腾飞！

2022 年 7 月 16 日

　　小作者从幼年到少年关于文学的美好畅想都集中在这册书里，可以看出孩子观察世界的童真，联想的丰富。随着社会阅历的增多，文笔中渐渐出现了对于社会、历史与人的思考，时间的脚印在孩子的脑海中踏过，思考的泉水也淙淙流淌。在人文课上我带着她了解古今中外的名家，没想到课后她也偷偷去找名家"做客"。文学的世界常看常新，希望孩子满园春色关不住，再用笔头叙才思。

——学而思人文创作 L6 主讲老师　邱东山

月

夜色撩人望云端

云纱羞月幕里穿

青丘菜花芦苇岸

似圆非圆在碧湾

2022 年 9 月 10 日

湖

碧波似玉无边景

楼台灌草满光萤

桂花伸腰无声吟

微风拂面舞啼莺

2022 年 9 月 11 日

小小采购员

　　蝉在树上口干舌燥，它的想法和我一样！于是，我们俩用不同的语言喊着同一句话：买个西瓜！买个西瓜！

　　姥姥乐呵呵地带我来到瓜铺。绿油油的大西瓜在一张洁白的桌布上躺着，个个在投射进来的阳光下闪着锃亮的光。我左看右看，挑了一个长得顺眼的，姥姥却抱着瓜，一手捧着一手敲，敲完问我："你确定这个瓜好吃？"我胸有成竹地说："长这么漂亮，一定好吃！一定甜！"姥姥笑了笑，指着瓜卖关子："你知道怎么挑选西瓜吗？"我来了兴趣，请她教我。她抱着瓜边敲边说："买瓜要先拍拍看、敲一敲，如果声音很浑厚，就说明它熟了；如果拍出来的声音像娃娃叫一样清脆美妙，就说明它也像娃娃一样没有熟；如果拍出来的声音像钟声一样还有回音的，那就说明瓜已经熟过了。掌握这个规律，你就一定可以挑到好吃的瓜！"这时，瓜店老板又在后面说："也可以一掐、二掂、三弹、四拍。

掐皮儿，掂轻重，弹就是要是有点儿颤的，拍就像你姥姥说的那样，那样就是好瓜。"

我也用这个方法买了一个西瓜，打开一尝，真的甜滋滋的！从此以后，家里买瓜我都去！开演唱会似的，叮叮、嘭嘭、嗡嗡、咚咚，挑回来的总是最甜的，我成了家里认可的小小西瓜采购员。

2022 年 9 月 12 日

星火班我想对你说

星星之火可以燎原，小小火苗伴我成长。

2021年9月我加入了星火班，在这一年多的时光中，我有很多话想对你说……

星火班我想对你说：你是火苗，是亲切，是温暖。当我初次踏入你的怀抱，34名同学就用热烈的掌声和温暖的微笑迎接了我，我就成了一束小火苗。因为教材不同，我跟不上节奏，老师和同学们都热心帮助我，帮助我，让我渐渐地跟上了队伍。星火班我想对你说，谢谢你用亲切和温暖教会了我，用爱去感化身边的每一个人。

星火班我想对你说：你是烈火，是拼搏，是团结。诗词大会上我们互相补充，互相提醒，通过大家的努力获得了胜利。在拔河比赛中，手上火辣的痛感变成心中激情的烈火，一致的节奏，一致的口号，让大家团结一心。星火班我想对你说，谢谢你用拼搏和团结教会了我，自己努力是一方面，团结和拼搏能让我更快成功。

星火班我想对你说：你是圣火，是未来，是希望。虽然我们在一起的时光只有两年，但我成长了不少，在未来的社会上，如果有人问："你为什么优秀？"我会骄傲地回答："因为我来自南师大相城实小的星火班。"星火班我想对你说，谢谢你，你给予我坚定信念，你给予我未来和希望，让我向着自己的梦想奋勇前进。

纵有千古，横有八荒，前途似海，来日方长。我要带着星火班的亲切温暖，带着拼搏团结的精神为梦想奋斗。从今天起，做一个坚守本心，积极生活的小火苗。

2022 年 10 月 7 日

回　家

　　我是一只小狗，但不是那种在家中悠闲的狗，而是一只没人要、饥肠辘辘的狗。舌头总是伸出来，显出切尔诺贝利沉闷的天气，空空如也的房子告诉我，这里只有我自己。从切尔诺贝利那声可怕的巨响后，我的生活就发生了翻天覆地的变化。

　　在那声巨响后，主人狠心地把我扔在了这里。我时常头痛，食物也没有了，看来我快要死了……"嘿，大狗。"一只猫趴在墙上咬着三片面包，"看你饿得有点儿不正常，送你几片面包吧。"面包一扔下来，我就冲过去狼吞虎咽，吞完了这三片干巴巴的面包，正当我要感谢邻居家的好心猫时，只见它的眼神中流出恐惧和害怕，身体浑身颤抖，掉头跑了。一声狼嚎，破解了我的疑惑，一双绿色的眼睛泛着光，灰色的皮毛裹着里面的骨头。它饥饿地瞪着我，口水滴下来，像条河一般。它又叫一声，奔向我藏身的门板，我的毛全湿了，它的步伐快得像我的心跳。完了，我再也见不到我的主人了，"啪"，又一声响，一种热乎乎的红色液体流了下来，狼倒下了。从门后我清晰地闻见了火药味儿，主人回来了吗？我马上又可以依偎在他的怀抱里睡觉了！可我扑过去时，那只是一个冰冷的铁管子和一个穿着跟主人一样制服的人。我去蹭他那粗壮的腿，什么感觉也没有，也嗅不到他的气味儿。

"还有一只，快杀了它。"我听不太懂，但是看见铁管顶在我身上时，我感到了一丝惊慌。邻居家的猫扑在了穿制服人的脸上，挠着他那凶恶的脸，又是一声枪响，男人踩着两个又冷又僵硬的动物，冷哼着走开了。

"嘭"，又一响，门永远也打不开了。我急得想挠门，可又生硬地忍了回去，因为玻璃上有个小洞，我大胆地冲出去，跳下低墙，向主人那天去的地方飞奔。脚上的毛好似火烧着了，天空中五彩的余晖，神秘地闪着光。我看见了！我看见了那个身穿黑色制服，戴着黄帽子的主人了！他来接我了，他呼唤着我，叫着我的名字。但我的眼睛被蒙上了纱，听得也不是很清楚了。

我可能再也追不上那个身影了，但主人回过头抱起了我："回家吧。"我又看见了趴在他肩上的猫和一只友善的狼，还有很多的小动物，我又有了体力，和它们一同奔向远方。我把我的身体永远地留在长了一堆奇花异草的路上，脸上的微笑也永远地定格了。

"回家……"我的眼中闪出泪花，"真好……"

2022 年 10 月 15 日

酥肉危机

你闻，是什么带着阵阵浓香？听，那体育馆里的一声声叫卖！看，那诱人的金黄的小吃！这是怎么一回事呢？

烹饪教室是我特别想去的地方，一听要去那里做小吃，还要把做好的小吃都卖掉，我激动得立刻要放飞自我了。做好的食物闪着金光，香味儿逗着人们的鼻子。我被派到了体育馆卖点当推销员，那儿已经摆放好了食品，缕缕香味飘向远方，飘入同学们的鼻子，引诱他们的手不自觉地打开钱袋子……人潮奔涌而来，纷纷挤到桌子前。鸡米花是人气明星，大家争先恐后地抢购，钱在人群的上方铺成了棚子，一排排如浪般压向桌子，1元的，5角的，两角的……眼花缭乱，目不暇接。一双双小手挑选着自己心仪的食品，小吃如潮水般渐渐退了下去。但小酥肉依旧坐在无人想买的至尊宝座上。从抱着希望的小热度变成现在的冷冷不想动，我一看这食品的喜爱度和本身都凉了，必须马上推销酥肉！

　　我清清嗓子，选了一包酥肉，扯着嗓子大叫："走走看看，美味小酥肉，三大块一包，好吃不贵。"同学们一靠近就试探着问价格，我大声说："不要1块5毛，只要1块钱……"同学们打了个哆嗦，赶紧转变场地，死死捂住钱袋子。有一个帮老师买东西的同学问起了酥肉，我心里闪出了小灯泡。如果是帮老师买货，那一定不会少于三包的，所以要推销好！我提着一包酥肉绘声绘色地描述："你闻，阵阵浓香啊！闻着香，吃着更香！肉在嘴里翻倒，让舌头欢呼，看着金黄的外衣裹在食物上，泛着油光。光品相就让人为之一动啊！再看，这三大块酥肉一共只要一块钱，价格也便宜，赶快抢购吧，晚了就没了呢！"那同学思考了一会儿买了三包小酥肉，转身找老师去了。别的同学也纷纷购买。只剩最后一包酥肉了，好巧不巧，就是没人买，我一狠心开始了特价甩卖："只要8毛钱，就把幸福送入嘴。"一个小同学盯着酥肉，心中不知在打着什么算盘，不好意思地说："8毛贵了，7毛好吗？"我心中一动，似有东西在乱蹦乱撞，略一思考，把一个不知道是谁装的少的鸡米花倒入了袋中，说："你看买酥肉送鸡米花8毛，你赚了。"他赶紧点点头，不舍地放下了8毛钱……小酥肉的销售危机解决了。

　　这次的烹饪推销不仅让我交了很多朋友，还让我收获了很多快乐，更赚了很多钱，别提有多开心了。如果还有下次，我还要当最好的金牌推销员。

　　　　　　　　　　　　　　　　2022 年 11 月 28 日

双面兰花

    花中四君子中的兰花风姿绰约，非常优雅。饭堂我邻座上也开了一朵双面兰花。

    中午食物一落到高宇奇手中，他就舔舔嘴角，坐到位子上，"唰"地夺过勺子，深吸一口气，嘴对着碗边儿，一勺一勺往嘴里送饭。勺子上下飞舞，似出海的神龙，如同龙卷风般把饭吸入口中，还来不及细细品味，就吞下了肚子。腮帮子一鼓一鼓的，勺子扫过的区域，全部被吸入肚子中去。我不由得吃惊地看着他，高宇奇察觉到后，勺子一停，画风一转，拿勺将食物轻轻地向嘴中送去，兰花指轻轻捏住勺子，笑意挂在嘴边，小鸡啄米般小口小口细细品味。后端起汤碗，一手微微挡着汤，嘴刚碰到汤就怕烫似的收了回来，像兰花一般，有着淑女的风范。他还不断地眨着眼睛，小心地往我这儿偷看。我不再看他了，他就又开启了狼吞虎咽的模式，勺子叮叮当当，乱碰乱响，吧唧吧唧的声音同铃铛声合成为杂乱的交响乐，声音如大木棒，直敲着我的小心脏。

我又向他望去，叮当声戛然而止，高宇奇又成了另一面：小声得似羽毛般落地，细细品尝，如同在品人世间的酸甜苦辣，好像眼角要流出两行热泪。从眼角透出对这碗紫菜汤的赞美和欣赏。他轻轻放下勺子，抽出一张纸，用兰花手指点了点嘴边，含着笑，又慢慢放下去。

一朵双面的兰花泛白泛紫，开在了我的邻座上……

2022 年 12 月 5 日

我的妈妈不配拥有爱情

　　我的妈妈，沉鱼落雁、闭月羞花、秀发飘飘、身材窈窕，卡姿兰大眼扑闪扑闪的，樱桃小嘴儿配上温柔的微笑，真的太迷人了。但是，这么美的人，不配拥有爱情，可惜喽！

　　为什么呢？且听我慢慢道来：下五子棋时，我对战我妈，她一张扑克脸，稳如泰山，铁面无情，子子夺命，我的棋子全被逼出棋盘，玩那么多次也不说让我一次！玩游戏，你给她八九块金条银条和不给是一个样，如包公转世般，刚正不阿，铁面无私！

　　不会说话是爱情的大忌，这忌就落在她身上！我和我妈肩靠肩看着浪漫的电影，到了感人之处，我两行热泪流到耳旁。"啊，你可以毁灭他，就是打不败他……太感人了！"可我妈呢？"小小娃娃，能看懂吗？"她的冷言打败了丘比特的小箭。她更是在我写作业时给我雪上加霜："把课外作业也写掉！"

从高端社会的角度来说，我妈是学富五车，智商直飙250。在家里找她对诗句："先帝知臣谨慎……"我还没说完，她就直接来个："你还先帝？反了！"太不解风情了！

撒娇，在女孩身上显得可爱小巧。她向姥姥撒娇的时候，里面还夹带着一股妩媚。肉麻的一声："妈妈——"真的是让人虎躯一震，我和姥姥好比通了电的电钻，抖动力爆表！

要么太强，要么太冷，要么太肉麻……用排比的方法，充分突出了我妈不配拥有爱情，"不配"一词更是形象地展现了爱情离她而去的决心和彻底。

如果哪位叔叔看上了我妈，一定要记住：她是个不配拥有爱情的女人，所以还是早早放弃吧，让她单身一辈子！不过，请放心，我会照顾她陪伴她的。

唉，这个不配拥有爱情的女人啊……

2022 年 12 月 30 日

糖糖妈妈

空房间里的光

我叫"三幸",是一座红墙六层小楼的五楼中户。我经历过三位主人,也正是现在的小主人,我的心里才充满阳光。因我北靠三道弯路,南邻幸福路,家里三代人都很幸福,所以小主人叫我"三幸"。

初见女主人,她就给我来了个"身体改造",让我这间"鸽子笼"老宅变成了时尚的"单身公寓"。客厅有着彩色的灯带和射灯,中间还有一个生态茶几,里面的水草造景配上衣着华丽的"红绿灯"小鱼,灯光照亮我的整个心房,餐桌吊灯也可以为食物开美颜。我从一个穿着"花袄"的土气小妞,变成了时尚杂志里的"气质女郎"。

女主人怀孕了,把我最喜欢的生态茶几替换成了一张超大的爬爬垫,那盏食物美颜灯也被换成了吸顶灯。我感受到我的身体里多了一种心跳,我期待着小主人的降临,期待着小主人可以和我一起分享白天阳光下的温暖和夜晚灯光中的温馨……然而，小主人带给我的却是脑壳"嗡嗡"作响，哇哇的哭声、嘤嘤的哄睡声、幼稚的歌谣声……晌午的阳光也被小主人的衣服、尿布还有她的小屁屁抢去了一大半，晚上，彩色灯光也不见了，只有暖黄色的小灯整晚开着。自从小主人进入我的肚子，我就没有睡过一个好觉，我不喜欢这个新降临的小主人，因为她让我从"气质女郎"变成了"邋遢大王"。

时间就在阳光和灯光的交替中流逝，客厅的大沙发和爬爬垫都被搬走了，取而代之的是一张大床和一架钢琴，电视背景墙也被装上了很多展示架，小主人珍惜的玩具都被请了上去，大卧室也变成了超级大书房，摆满了书籍，写字台上护眼灯的光也分外明亮。肚子里的哭闹声被咯咯的嬉笑声所取代，我慢慢地喜欢上了白天阳光下老主人做饭打扫的身影和晚上灯光下小主人做作业的模样。

晚上我和主人一起欣赏夜空的奇景，一明一亮的群星像一场表演。月食的景象，群星的闪耀，低头一看，奇景一同泛在小主人天真烂漫的眼睛里，格外美丽。

有一天，我从梦中惊醒，昏暗的灯光下，女主人和老主人在商量卖房的事。我大吃一惊，嘴中的"不"字连珠炮一般吐了出来。可是，又有谁能听见一个房子的哀求呢？我的心，像深海的鱼，永不见阳光。"我不！我不想卖掉三幸！"小主人大喊，"妈妈，别把三幸卖掉，我还想每年寒暑假回来呢！拜托了，妈妈。"在小主人的哀求下，我被留了下来，也就在那个秋季，女主人提着箱子走了，小主人也跟去了。没过多久，老主人也锁上了门去照顾小主人了。

白天的阳光照进我的肚子，可我并不觉得温暖，晚上只有钢琴上摄像头的小蓝光一闪一闪，就像我思念的心一颤一颤。我开始期待每年的寒暑假，因为那时的生活才会因为小主人的归来而变得有活力。

转眼又到春节了！除夕夜，窗外五颜六色的焰火照进屋子，原本应该热闹非凡的房间，却出奇地安静。为什么我的主人们今年没有回来？难道她们把我忘记了吗？

"喂？听得见吗？"我吓了一跳，望向钢琴上一个闪烁跳动的小红点，是主人留下的摄像头。"三幸，新年快乐！这个寒假我要参加小升初的考试，回不去了，就用这样的方式陪你跨年哦！你要照顾好我们共同的小伙伴哦！"就是这个熟悉、活泼的声音，照亮我整个心田！我听见了，小主人没有忘记我！外面的焰火多迷人啊，绚丽的焰火在空中爆开，绿的红的黄的，仿佛一朵朵希望的圣火，我找到了我那丢失的光，它们如同小精灵飞来飞去，所停之处留下一串串烛光，光中记着一件件美好的事：小主人第一次走路、第一次说话、第一次写字、第一次为我取名……点点星火集中在一起。

哗——

我被小主人的光包围了起来，心中的黑暗一扫而光。我不再惧怕黑暗孤独，我会一直等着我的小主人回来，即使我只是一个空房间，但我心中承载着最美好的记忆，存放着最含蓄的爱与思念，燃烧着最明亮温馨的光，因为我是小主人的三幸，我有小主人赋予的光……

2023 年 1 月 17 日

卜算子·春节

福鱼跳金门

财神已来到

鞭炮除旧乐迎春

大展鸿兔飞

一帆随风顺

万事喜平安

千家万户红旗展

新欢笑脸扬

2023 年 1 月 20 日

比　赛

"哇——"的一声哭喊划过夜空，某女子站在桌子之旁，哈哈大笑："我胜了！"

大家好，我叫王籽月，就是哭喊的那位。这位哈哈大笑的就是我的老妈。她喜欢比赛，外号"常胜将军"。

举个例子：姥姥和老妈对战，我出题："谁的孩子好？"老妈先举手，姥姥也不甘示弱。经过三人投票，最终她以"我的孩子更好"而获胜！轮到姥姥出题了："谁的妈妈好？"我反应快立刻举起了手，这时"常胜将军"也紧跟着举起了手，还用下巴向我示意了两下，看着她的样子，我的眼珠滴溜一转，默默地放下了手。她激动地说："怎么样？又是我赢了！"我和姥姥相互看着对方，捂着嘴边笑边说："对对对，都是你赢了！"

可是玩五子棋、狼人杀、扑克牌……所有游戏，我还是赢不过这位"常胜将军"，于是家里经常有我的哭声划破夜空……

　　晚上的做数学时间，可谓是苦得难过。平时，老妈自大又有本事，数学也是她做得快，但今天早晨是个难题，一元一次方程，她把式子列好后，就像龟兔赛跑中的兔子一样，边等边炫耀，等我快算出答案时她才开始算，由于太快了，她竟然把答案算错了，那苦瓜脸一下拉了个三尺长，我哈哈大笑："我做对了。"老妈不服输，不依不饶地还要比，那我们就来个"七擒孟获"吧。我抽了一个盈亏问题，一套公式："赢加亏除以分配差，人数和丙数……"简简单单，她列了一个初中的公式，最后她竟然把人数算成了28.5人，哈哈，面子被扫了大半的她更不开心了！我说："娘亲，我大赢了两把！"

　　"不行，再来！"老妈嚷道。我又抽了一个连加题，她拿起计算器开始敲击，而我用了一套公式很快算出了答案。再一看，老妈才加到第四步。好个"七擒老妈"，一套又一套的公式把她这"常胜将军"的名号彻底转移到了我的头上。帅气！

　　划破夜空的哭声，终于不再是我了。

2023 年 1 月 21 日

除夕跨年夜

大年三十是个令人兴奋的日子，这可是辞旧迎新的重要时刻，也是万家团圆的好时光。

听！噼噼啪啪在锅里乱蹦的油沸声，也像是在鼓掌欢迎新年的到来。姥姥和大厨叔叔在厨房里忙来忙去，两条不同款式的围裙也像是跳起了交谊舞，不停地转圈圈。叔叔在做饺子馅，只见两把快刀上下翻飞，有节奏的声音铺天盖地传来。很大的一块肉，顷刻间变成了肉泥，白菜从盆中出浴时，带的水珠从半空划过一道优美的弧线，便被摆在了案板上。有序的节奏之后，剁好的白菜和肉泥被放在了一个盆子里。这时，叔叔就像魔法师，在那里放着不同的调料，紧接着就开启了搅拌模式。果然，大厨就是大厨，饺子馅在搅拌的过程中都泛了白，即使是生的，还是飘来诱人的香气。

包饺子除了馅，还有皮！战场从厨房转到了客厅，姥姥上场了。她把醒好的面团放在桌子上，用双手揉来揉去，超大的甜甜圈就像车轮似的在姥姥的双手间滚动。揪开一个口，就变成了长面棍，姥姥一手拿刀，一手按着长面棍切一下，换一个方向，切出来的面团像一个个小元宝。这时就该我上手了。我的任务是将这些"小元宝"按扁。姥姥再用擀杖将我按扁的面擀成饺子皮。那皮边上薄中间厚，姥姥的速度像机器开了挂，动作行云流水、一气呵成。

亲朋好友围坐在桌子旁，姥姥擀的饺子皮像发纸牌一样分给了大家。还有两个弟弟妹妹也加入了包饺子的行列。这饺子还没有包好，我家就多了两个小"面人"。小弟弟挖空心思包了一个"太空飞船"，不过用了两张皮；小妹妹学得有模有样，包出的饺子和大人们的如出一辙；我更是玩出了新花样，把饺子变成了"福袋"，还往里面装入了象征福气的硬币，好好的饺子被我用幸运符号点化成了我的"独家馄饨"。

"饺子煮好了。"看着热气腾腾、形态各异的饺子，伴着春晚的欢笑声，加上窗外的烟花，大家抢着吃"福气饺子"，一片欢乐祥和……12点的钟声敲响，2023年来了，我们跨年了！

2023 年 1 月 31 日

开在记忆里的芬芳

人的记忆力是神奇的，随着时间的推移，一些旧事物已经逐渐被遗忘，而一些美好的事物则会深深地烙印在我们的脑海中，成为我们生命中最珍贵的财富。

时光倒转到几年前的夏日，窗外屋边不知何时有个蜂巢，比我的拳头都小，只有几只小蜜蜂在蜂巢旁忙碌着。

老房子的外侧窗台上，摆满了花盆。屋内窗台上家里的花也争相开放，窗外的蜂儿可能是想换个口味，想尽办法往屋内钻。那些着黄黑条纹衣服的小强盗也不知怎的钻了进来，抖抖翅膀扑入了花中。

隔着玻璃我还能观察蜜蜂采蜜，但是当它们飞进屋内后，我就只剩下害怕了。在这种害怕被蜇伤的恐惧中，还有一种疼惜的心情。因为我知道如果蜜蜂蜇了我，它们也将命不久矣。我远远地看着那花丛中多了一团躁动的黄黑。我向姥姥求助，而姥姥却淡定地打开纱窗，拿着一个本子将这只"采花小盗"轰出了家。关上纱窗后，姥姥笑着对我说："不怕了吧？"我点点头，看着窗外那只被轰走的蜜蜂又飞回到我家窗外的花丛中，继续忙碌着，不由得陷入沉思……

它是怎么进来的？为什么外面有那么多花可以采蜜，却还要飞进屋内？为什么被赶走了还要继续飞回来接着劳作？

过了一会儿，我发现家里的纱窗边框有一个很小的洞，眼看又要有"小强盗"要强入这鬼门关呢！真是天堂有路你不走，地狱无门你自来投！那只蜜蜂也不动，好像飞累了，趴在小格子上。我生出了一种"慈母心"，给小蜜蜂关禁闭，把玻璃窗关上了，果不其然，它开始在玻璃和纱窗的夹层中，上下乱飞乱舞。

姥姥一回来，也同样拿了个苍蝇拍，想把蜜蜂轰出去。结果下手重了，那花丛中的一点儿黄就再也没起来，它的身上还有一些绣球花的花粉。

我心一凉，为什么小小蜜蜂要从那自有的食物中飞入更多的百花，又同时置身危险的家中呢？妈妈下班后见我站在花旁愣神，一推我说："你明天的比赛准备了吗？你好像从不把这事当个重要的事办，我们就如同小蜜蜂，要在这万千大世界中活下去，只有不断提高自己，去未知的世界探索，才能开启新的篇章。你要有一种勇于探索的精神……"

妈妈还在絮絮叨叨，但我已经豁然开朗。

　　蜜蜂爬入家中的洞，是个纱窗边小拇指大的小洞……渺茫的希望，但它依然去做。

2023 年 2 月 17 日

糖糖姥姥、糖糖、糖糖妈妈

新时代少年

胸前的红领巾

伴着幸福生活的脉搏

飘扬的五星红旗

映着壮美辽阔的山河

绿水青山，土地辽阔

蛟龙入海，神舟飞天

这就是以崭新姿态屹立于世界东方的中国

今天

怎么会没有黑暗

只不过是有人用生命照亮了看不见的地方

今天

哪有什么岁月静好，

只不过是有人替我们负重前行

今天的你我

并不是生活在一个和平的年代

而是我们生活在了和平的中国

今天的我们

成长在国旗下，偎依在祖国的怀抱

新的百年，新的征程

我们就是新时代的少年

新时代的少年有一个梦

奔赴太空，遨游星河探索神秘莫测的浩瀚宇宙

新时代的少年有一个梦

潜心钻研，破解科学难题将先进技术带到每一个地方

新时代的少年有一个梦

通古博今，把光辉璀璨的中华文明传递到每一个角落

新时代的少年有一个梦

团结一心，全国上下共赴伟大复兴的壮阔征程

新时代的少年有一个梦

心怀天下，在世界发展的潮流中推动构建人类命运共同体

新时代的少年

对党许下庄重的誓言

新时代的少年

听党话、感党恩、跟党走

新时代的少年

刻苦学习，追求真理

是实现第二个百年奋斗目标的接班人

新时代的少年

为实现中华民族伟大复兴的中国梦

时刻准备着！准备着！

2023 年 2 月 23 日

心　愿

　　轰隆隆一声雷响，桌边坐着一群黑衣的亲戚，把从幼儿园回来的我吓了一大跳。黑框框里的黑白色人像，是姥爷的笑脸。我笑着说："姥爷被变去相框里了，姥爷藏哪里了？"妈妈一脸凝重，抱起我走入姥爷的房子，哭红了的眼又流泪了："你的姥爷他……他走了。"又是一声雷响……

　　"走了？""对，去世了。就是再也见不到他了。"我大笑起来，拍着小手："呵呵，不可能！捉迷藏姥爷从来没有赢过我。姥爷，我来找你了。"没有应答，唯独一张照片。我耳边又响起姥爷常念到的歌谣："风是雨的头，雷是雨的头……"雨点落在窗上，平时听起来的悦耳声，这时也变成了痛苦的悲鸣，我鼻子一酸，"姥爷——"

　　那年我4岁，虽然和现如今差了整整8年，但是一想起来仍是记忆犹新。时常突然的一句歌谣勾起回忆，总是伸手去紧握一把余晖，但姥爷那慈祥的笑又化作泡影，飘飘荡荡，不见踪迹。12岁，全班给我过生日，我许了一个不可能实现的心愿——上天啊，算我求您！让我和姥爷见个面吧，一个月可以，一天也行，就算是一两个小时，也可以跟姥爷说说我的快乐。

我幻想，姥爷与我钓鱼，我用他送我的小钓竿。我和自以为钓鱼高手的姥爷一同到姥爷最爱去的红雁池，轻垂钓竿，手捧肥大的罗非鱼，一起欢笑。我幻想，姥爷和我乘着飞机，旅游三亚，在金黄的沙滩上举椰子，共品尝。我幻想，姥爷教我烹饪满汉全席般的晚餐，夹一块小肉，在食物的香气中自由飞翔。我幻想，迈着轻盈小步，跳跃在各种美丽梦幻的泡泡上……"愣什么神？"噗！五彩世界变成了黑白、泛光的小泡飞上天，姥爷最后一面的笑容浮上心头，一种钻心地痛！

红雁池的水花溅起，耳畔的歌谣传来，沙滩上的欢笑如快乐的喜鹊……多希望，多希望再见他一面，让我解开心上的锁。让我抱抱他吧！姥爷，我的姥爷，我的心愿就是如此。

我不要发财成为无忧无虑的人，我不要一下子成为学霸站在顶峰。我只想见他一面，多么简单的心愿，但这却是登天般的难。

思念的是我的姥爷，愿我这个不可能的心愿保留着。但愿斯后，永驻心中。

2023 年 2 月 25 日

黄昏的雨

4岁时的那个笑、那个黄昏我永远忘不了……

那是个明媚的早晨，待我睁开惺忪的睡眼，满桌的美食飘香，逗引着我的鼻子，我一舔嘴角，抓着吃食往口中填塞，咂吧几下嘴巴，油在唇上跳动着。上幼儿园之前，最忘不了同姥爷告别。跑进姥爷卧室，没拉开的窗帘的缝隙中，偷渡进了一小缕阳光，照在老爷慈祥的笑脸上，眼角的笑纹一弯一弯。"姥爷，再见。"听到我稚嫩的声音，姥爷的扎胡子随着嘴角上扬，呵呵笑着。我享受着这种悄摸进来的阳光，那弯"白月亮"也使我倍感欢乐畅快，我不想去上学了。

在妈妈的强拉硬拽下，我不乐意地走上车。在去幼儿园的路上，天气预报说今天上午有雨。"好端端的偏下雨。"我心中很是疑惑。不觉间我已经坐在教室中听老师快乐地"念经"，"小鸟儿扑扑翅膀飞上树梢……"我平时最爱的朗诵课也成了一节枯燥无味的念经堂。现在的我只想从这个幼儿园的大门口同阳光飞走，飞去姥爷那儿，飞回家。也不知道那卧室的窗帘儿拉没拉开，别到时我太胖卡在了那缝中。

午觉过后一起来，便头晕目眩，一屁股瘫坐在地上，老师惊慌地跑来查看，而我只觉得心一凉，仿佛枯叶般落在了地上。

大约下午四五点，天空中乌蒙一片，两三只乌鸦在空中盘旋着，把天点缀得更黑，又一起把黑墨般的乌云压向人间。妈妈穿着黑衣，在这之前，她来接我，我从未见过她这样的穿着。表情是被这群乌鸦叫嚷烦了，脸上也同样有低压下来的云，我一脸狐疑地望着她不敢说话。我们默默不作声，在车摇摆中前行。

一进家门，我便大叫一声："姥爷，我饿了！"哟！一片乌云压入我家中了，一群亲戚全成了乌云，围着一张黑框。疑神疑鬼，还供玉皇大帝的雷公电母呢，还有姥爷。姥爷被三根香包围着，亲戚在供姥爷？那他就不成了玉皇大帝了？母亲一撇嘴吐出一句话，那话只有短短几个字，但是像演讲般艰难。

"你的姥爷他……他走了……"

轰隆一声，一轮红日在乌云的黑面纱后若隐若现，枯枝上的乌鸦凄厉地啼叫，那声音如晴天霹雳，怎么可能？饭都是……4 岁之前唯独那一次没在晚上准点儿看见"满汉全席"。"吧嗒"，一滴雨敲在窗上，又是一滴。我笑着哭，不是吧？姥爷又耍把戏呢，是不是在玩儿捉迷藏呀？一根枯枝，它端不起一轮红日。太阳在乌鸦凄鸣和雨声悲鸣中落下。"哗！"雨如洪水向下冲，一根发丝般的坚持，终究在雨中被打破，"姥爷——"

阳光再没能在第二天偷渡过窗帘……

2023 年 3 月 9 日

有一种包容叫友善

　　"万物并育而不相害，道并行而不相悖。"这说的便是包容，而24字核心价值观中的最后一词——"友善"，也是包容的一种。

　　交通拥挤，无一日不是车水马龙。妈妈开着小车送我上学，遇着一位老太太，车速缓慢，惹得我心急如焚。后头一辆货拉拉司机就像一头待命的野牛，随时准备冲出去直行，绿灯一亮，老太太头上的银发被汗水弄湿了，货拉拉司机不耐烦的喇叭声，让我心中的一团无名火生了出来。由于老人最努力地"奔跑"，绿灯转眼变了一张红脸，货拉拉司机绕到我们车边儿，打开窗户，如野兽般吼叫着，紧接着一口黄痰吐了下来，骂骂咧咧，一脚油门扬长而去，尘土飞扬。

　　"没有规矩啊！"我心中的恼怒让我喊了一句，我冲母亲没好气地说，"什么人哪，那个老人为什么不快点儿走呢？这样还省一通骂。"

　　"不怨天不尤人，每个人都会老的，这是天地万物的法则，而他们只是比我们先老了而已。"她叹口气，望向货拉拉飞驰去的路，"我们坐车只是一种交通出行的方式，而他们则是靠拉货养家糊口的，只要多拉一次、多赚一分钱，就可以让自己的孩子多一份快乐，让父母少一次牵挂。"

　　"可我快要迟到了呀！"我嘟着小嘴，脸涨红了。

　　"我们出发晚了，下次出发早一点儿。"母亲脸上挂着甜甜的笑，我从中醒悟过来。

　　上完课之后，我和母亲去卫生间，保洁阿姨刚拖完地，我洗手后没注意一甩手，一大片无情雨落在她辛苦的肩上，我打了个冷战，连声道歉。阿姨挥挥手，虽然是苏州方言，听不大懂，但那张慈祥的脸和弯弯的嘴角，我就明白她在包容我，我心中流入一股暖流……

　　苏州在申报文明城市，但除了美和好，最重要的是人与人、人与动物、人与自然之间的包容与和谐，多一份体谅，便可倍感欢畅。天比海大，人心比天更阔，正所谓"海纳百川，有容乃大"，多一份包容，多一份爱，这会让苏州变得更加温暖。

　　忍一时风平浪静，退一步海阔天空，"富强，民主，文明，和谐，自由，平等，公正，法治，爱国，敬业，诚信，友善"，最后的"友善"是包容之树的树叶，是每个人最应该拥有的品德。

所以说有一种包容叫友善，因为心宽，路才宽。

2023 年 3 月 11 日

那一刻，我的世界洒满阳光

什么是朋友间重要的东西？

我和我最要好的朋友赵赵一起玩，她家里有数不尽的珍奇玩意儿：贴纸、蜡印、小本子、还有一个可爱的笔筒。到她卧室一定要张大了嘴，无一例外的都是惊喜。一次，她做火漆蜡印，做出一个心形，色和谐、边圆滑、形美观的蜡印。我对这块蜡印爱不释手，她却骄傲地把蜡印珍藏起来，冲我吐个舌头："不给，好看吧？"

现在回想起来，也怪不得我俩之间有时会吵上一会儿。冬季的风吹啊，刺骨的寒冷也在我心中传开了。那时我内心似腊月的风雪天，整天在写作业，在上课和去上课的路上奔波。手冻且酸痛。和赵赵一起在微信上聊天，也是一天中最快乐的时候。"怎么办？赵儿，我好累。"一次我向她苦恼地说。

她不言语，思考了一会儿把手机放下，忙去了。这一举动使我心中唯一未冻上的小河，也彻底冰封起来。一连三四天我都在床上叹息，突然流下来的眼泪也早就习以为常了。

一天，回到家后，我见一个快递，收件人是我。"有快递？又是学习试卷罢了。"但那个盒子并非包装随意，是一个白盒子，贴心地用胶带贴了一圈，画了几只小兔子。拆开那一层花哨的盒子盖，里头有很多宝贝。

真让人眼前一亮，粉色拉菲草打底，放了二十多张精美的贴纸，两个自绘的挂件——一个是我的外号"王儿月"，另一个是一匹"小马宝莉"画风的蓝色小马。一个棉签盒里头塞满了拉菲草，不知装了什么东西。我心中的世界真是一片问号，小世界中一个声音向我叫嚷着："谁啊？打开小盒子吧！"抱着试一试的心态，我轻轻打开盒子……

"啊！"这紫色和乳白的底盘，这光滑无突出地方的小边，这顶小皇冠，是赵赵的至宝。"她，她这是……"我心颤了一下，"哗"地一下子，河流复苏，冲着冰块，从眼眶流下。一朵花，两朵花，世界很快开满鲜花；一缕光，两缕光，我的内心充满阳光！我乐得大笑，心中的小天地，早是春回大地，百花盛开，阳光在天地之间照亮了，温暖哪！

什么是朋友间重要的东西？如阳光般的爱和友谊。

2023 年 3 月 13 日

风拂绿柳油菜花

第一次春游，我激动万分。挨了一个小时无聊的坐车时光后，一下车，我这个不安分的小心脏似兔子般蹦跳起来。两丛枯黄的芦苇站立在木栈道左右，小虫在木桩上扭着小身板。我们踏着一块块深棕的木板，在一片阴暗过后，眼前一亮。

一条小河闪着波光，微风呼地一吹，杨柳的绿柔枝便飘了起来，两边的小麦苗成片成片地摆动。鸟从巢中探个小脑袋，眨巴着绿豆大的小眼儿。我们沿一条长满杂草的火车小道前行，蟋蟀振动着双翅，扑扑地飞走了。

第一次同肥料亲密地待在一起，那味儿臭气熏天。绿蝇嗡嗡嗡，在我头上飞绕，好烦这嗡鸣声。

种树是一大快事，我种了一棵打头苗儿"三毛"，因为它只有3根绿叶枝。坑口有20多厘米，树根插入坑中，把保湿的鲜土填入坑中，风吹来，细一闻，满是泥土的芳香哪！

几朵黄色的油菜花被风吹斜了，一大片金黄的海在路旁，较大海不同，这儿虽小却比海风味儿香，还是金黄色，要温馨许多。几瓣儿黄花没挺住，飞了起来，飘到了一口锅边。油倒多了，便嗞嗞跳了出来。水声哗哗，菜叶放入盆中，端到一个大淘米盆旁，将手伸入冰凉凉的米中，真有着石沉大海般的感觉。在油声和欢笑声过后，一盘盘"咸饭"被端上了桌。一只大手逗引着人们的鼻子。"嗯！"我感叹着，顺着饭香坐上座位。鸟闻了，在巢上鸣叫；虫嗅了，便飞来观望。味道美极了，就是有点儿咸。

风儿吹着我的头发，闻着花香和咸饭味儿，听着鸟啼虫鸣，看着杨柳枝在风中飘拂……

风拂绿柳油菜花，叶引春意到碧洼，为何虫鸟鸣啼叫，咸饭飘香众人夸。

2023 年 3 月 14 日

这就是幸福

我来到了一所新学校，这意味着我要认识新朋友，意味着我要住宿，还意味着我不用每天听我妈叨叨了……这于我可是一大快事！

晚上，老妈在家的这个点儿本是鸡飞狗跳，吵吵嚷嚷，而现在非常安静。喊"王籽月"的声儿没了，唠叨的声音消失了，皱成麻花的眉头不见了。我顿时感到住宿真好，世界清静多了。

周二，算是我的"逗引老妈日"，每周这天我都会"不务正业"，扑入老妈的怀里，一览人世间"罕见的火山"笑着喷发的奇观胜景。我推开门，大步迈入房间！"老妈"二字在口中待命，准备似大炮发射般出去时，"嗯……"我不免有些失落，仅见上下铺，衣柜和一间小阳台。这是哪？我的脑中似涌上了一团云雾。我失魂落魄地拿出衣服，又把校服乱扔在床上。"这总会引来她生气吧。"我琢磨着，"只要衣服乱扔，老妈那声咆哮之后肯定会露面。"我一转头，看见的不是深棕色的卧室门，而是米黄色的宿舍门。这种颜色好像阳光，包裹着、安慰着刚来不久的我。可是，我的脸上凝固着撇弯的嘴，这不是我。

周五3点多就放学了！我脚下生风，拉起行李箱，飞奔向学校门口。我在追，风在我耳边呼呼嚷着；鸟在鸣，好像在催我快一点儿。心中的鼓敲破了一个又一个，我明白，我追的是"奇观"，追的是她的"叫"，追的是她的手，追的是"见老妈"。

箱子甩在了花丛的一旁，看到老妈，我冲着她弯弯手指头，让老妈低下头，我刚想说出来却欲言又止。不过，一周就见两天若是不说又要等到什么时候？我铁了心，把胆儿一横："我的字儿，这一周没写好看。"我如此小声，但她好像也接收到了，脸色从红到青，牙齿好像越来越长、越来越尖，头发一根根似钢针般立了起来，眼中的棕色开始变得滚烫，从地狱中伸出的手把我"请"上了车。车轮子转动起来，快了，又快了10码。我手发抖，腿发软，又说着："我字儿没写好！"

"王——籽——月！！！"声音把车盖子顶了起来，我冷汗流得像瀑布，"疑是银河落九天"。"为什么，不把字儿写好！"老妈的奇观开始有了些动作，随即"嘭"！我在熔岩中幸福地观看奇观，擦了擦如雨般的汗："这才是幸福！"

2023年3月25日

苏州之春

上有天堂，下有苏杭。苏州，这座城市可是一个美丽动人的地方，而苏州最美的时候，当然要数春天了。

到田间小路走走，不免可以看见道路两旁似金海般的油菜花。在春季，大片油菜花相继开放，争奇斗艳，各有各的不同。当你置身于花田之中，就仿佛在黄色海洋中漫游，放眼望去，一片金黄和天空缝在了一起。

比湖更蓝的是大海，比海更蓝的是苏州的天。夏天的天空，云不多，遮不住太阳；秋天的天空，云太多，层层叠叠；冬天的天空，没什么云，感觉高冷；而春天的天空，泛着微微的淡蓝色，云朵在天空中零零散散飘动着，又薄又长，恰似丝绸甩在碧蓝的天空之中。太阳并不毒辣，抬头只觉一种奇暖，不像冬天般冷，也不似夏天般热。

小桥流水人家。最早的苏州只是姑苏区，那里具有浓郁的江南水乡特色。乘一小舟，在江上划着，碧绿的江水下，时而清澈，能看见一两只螃蟹；时而深绿，映着依依的杨柳。在船上，望着这一条绿绸系着的每一个地方。从房屋出来，可爱的是门前一条小青石板路，几株新绿的草探着头，被春雨打湿了，街上泛着青青的色彩，一条石板路被春雨洗得锃亮泛光。再站在街上望着白墙黑瓦的人家，一时不知身在水墨画中，还是在动人的美景中，别有一番趣味。

漫步夕阳之下，全身沐浴着火红的霞光。这时候，再来上一盘松鼠鲑鱼，一边吃橙黄鱼肉，一边望着夕阳西下的奇景，真是一种享受。

苏州之春，白墙黑瓦，流水人家，春花点缀，巧夺天工。犹如一幅动人的春景绣在画中，可与仙境相媲美。

2023 年 3 月 31 日

吾母尤为趣

吾母独一子，为吾。其朱砂泽唇，象牙色齿，柳叶眉下生双圆眼。

吾母有双面之色，其一笑挂面堂，柳眉上挑，眼如线，成一缝儿，甚是慈祥。若吾或漏功课，母必有愠色，似地狱修罗，眼似钟，甚大也，嘴生轻烟，欲吞吾。吾故惧此，请母大开恩德，心颤曰："今吾有错，求母开一生路。"答曰："既知汝娘之脾，何故犯之？"吾姥同母短棒并发，持吾入室。声传九霄之上，尤为惨烈。

一日，母为吾之学，同宾客饮忘忧君。夜归，吾功课未完，当补之。母身摆之，手舞之，大醉矣。吾恐之，收功课，逃命去也。母见吾，欲吻抱之，吾逃生天，但幼子不抵醉大虫，被扑之，气欲绝。思母为吾而此等醉，大为感动。扶母辗转于榻，欲与周公博弈也。母唤吾同行，吾不应，其怒发冲冠，欲殴之。吾惊愕失色，冲入姥房，号曰："谁人救吾！"吾姥怜吾，同吾睡之，反赶母去也。

次日，吾责母曰："汝何以扑之？"母曰："何曾？"吾捂面垂颅而长叹息："噫吁嚱！君饮之过甚！"母嬉笑辩曰："爱至深则情之切，汝同春笋，成秀人。甚喜而醉矣。"吾轻语："喜之，哀之，均不可饮过之。更不可同周公一去不复返也。"听罢，母面肌抽挑，盈盈假笑，吾觉不妙，拔腿跑之。

吾母尤为趣，吾爱甚。

2023 年 4 月 4 日

慈母情深

　　周五放学后，我和妈妈给家里的寄居蟹买口粮，可爱的芦丁鸡让我在店中挪不动脚，店长见我百般喜爱，便送了我一枚芦丁鸡蛋，让我自己孵小鸡。我当妈妈了！我激动地捧着那颗圆滚滚胖嘟嘟的小鸡蛋，体会到"放在手里怕摔着，含在嘴里怕化了"的慈母感受。拿手电往蛋壳上一照，透明的血丝映衬出来，我开始幻想它孵出来时的呆萌样子，我要怎么给它喂食，怎么给它布置小家，怎么教它一些技能……我感觉我的手心中有颗小小的心脏在跳动。

　　枕头底下是个不错的育蛋室，我把我的蛋宝宝供起来，冷了就给它加热，我还睡前给它讲故事、唱儿歌，毕竟胎教很重要。怕它躺累了还时不时给它翻翻身。我当了妈妈，那我妈自然也当了姥姥，她就像我姥姥照顾我一样，和我一同精心照顾着我的蛋宝宝。整个周末我们都忙碌地围在蛋宝宝身旁。

　　周一我要上学了，妈妈也要去上班。我们只能把蛋宝宝单独留在家里。妈妈怕它受凉，于是我们拿来两个暖宝宝，上下各放了一个，让它暖暖和和地在家里睡觉。一放学，我就冲到了它的身边，把它捧起来亲亲它，但感觉好像不一样了，我拿手电筒一照，我的蛋宝宝变成了实心的了，血丝没有了，什么也看不到。我赶快喊来妈妈救援。妈妈一看，尴尬地挠着头说："好像熟了。"

我撕心裂肺地大哭着，号叫着。我终于明白了一个母亲失去孩子是多么痛苦。我抽泣着，为蛋宝宝脱掉外壳，光滑白嫩的肌肤映入眼帘。我更伤心了，想再去亲亲它，估计它也太想我，不知怎的就滑入了我的口中。

就算走，我也不要让我的孩子离开我！我边哭边动着嘴，看来我只能用吃来寄托我的哀思了。既然我不能生你，那就让你走后留在我的肚子里吧。我用袖子抹着眼泪和鼻涕，然后发自肺腑地感叹道："宝儿——你真好吃！"不愧是自然熟啊。

妈妈看我如此伤心，又带我去请回了一枚蛋宝宝。有了上次的经验，这次我给蛋宝宝做了个吊床，吊在了寄居蟹的恒温箱里，用加热灯保持温度。每周回来，我都去看看它有没有破壳而出。

一个多月过去了，我的蛋宝宝还是没有出来。我一舔嘴，微笑着说："清明的早餐寄哀思吧。"

2023 年 4 月 5 日

我的作文是化石

　　我喜欢写作文，每次写作文都像是在探险，探索着自己的内心世界。我喜欢用文字去记录我的成长，记录我的感受，记录我的思考。我的作文就像是我思想的"成长照"，每一篇都代表着我在某个时间节点的状态。

　　我的作文是我成长的见证。美好的小学时光，我的作文记录了我从一个天真稚嫩的孩童逐渐成长为一个独立思考的少年。在这些作品中，描写关于姥姥、妈妈、老师、同学的内容很多，因为他们都是我身边最近的人，在写他们的过程中，我学会了人物分析，提高了我的情商，也让我更加懂得感恩。

　　我的作文是我思考的结果。每次写作文，我都会思考。思考我要写什么，为什么写，想表达什么意思。在我思考的过程中，我不断地刷新着我对未来的向往和追求。天马行空的想象也让很多小文章变成了同学们的课间乐趣，这也让我更加坚定了坚持写下去的决心。

我的作文是我情感的宣泄。我用写作来表达自己的情感，还用写作来打趣妈妈和老师们，这些可都是我不敢当面对他们说的，虽然我知道他们都很爱我，但我也需要做做精神上的反抗。有时我还会用诗歌或文言文的体裁来打趣他们，这让我感觉很爽。

我的作文是我的宝藏，更是我妈妈用来吐槽的工具。我的字不是很好看，而且错别字很多。我的妈妈总会用当前的时事来比喻我的错别字，在疫情防控期间，她说我的错别字可以打败新冠病毒；在国外有战事时，她说我的错别字可以上战场。还记得小时候我把"珠穆朗玛峰"写成了"猪母狼马蜂"，妈妈说这是直接干倒了攀珠峰的动物园园长。

读我的作文，你可以在文章内容中找到探秘的感觉，可以在错别字中找到修复的乐趣，更可以在时间印记中考证我的成长历程。所以说，我的作文是化石，是我的宝藏，是我心血的结晶。它们也代表了我的思考和情感，更是我成长的见证。

2023 年 4 月 7 日

写给雷锋叔叔的信

亲爱的雷锋叔叔：

　　您好，我是一名来自 2023 年的六年级小学生。虽然我没有亲身经历您那个时代的艰苦岁月，但我非常崇拜您！我打记事起，就知道您的名字。每年 3 月，学校、社区、爸妈的单位都会组织"学雷锋"的活动。那时候，大街小巷到处都是您的画像，也是从那个时候开始，我认识了您。

　　随着我逐年长大，我也越来越了解您了。您是我们中华民族伟大的英雄之一，您不计个人得失，默默地为社会做贡献，为人民谋幸福，为祖国献热血，您的事迹感动了亿万人。您用行动践行了"为人民服务"，用一生诠释了"无私奉献"。您的事迹是我们的宝贵财富，您的名字已经成了一个团体、一面旗帜、一种荣誉、一种精神，激励着我们前行。向您学习的这颗种子，已在我心中萌发。

我向您学习，从尊敬老师团结同学到帮助邻居倒垃圾，从帮助少数民族同学学习汉语到在养老社区为爷爷奶奶们送欢乐……我从点点滴滴的小事做起，帮助他人，用我小小的力量去温暖和改变这个世界。还记得去年疫情期间在高铁站参加志愿者服务，当我提示他人正确佩戴口罩时，那一个个向我伸出的大拇指让我心中流淌暖流；当我为他人指引方向时，别人的微笑和一声谢谢在我心中拂过春风。我深深地感受到了助人的快乐，也终于明白您在帮助他人之后的笑容为什么如此灿烂。

雷锋叔叔，您知道吗？现在我生活的城市街道很难再看到电线杆了，建高楼不用红方砖而是加气块，有的地方还用机器人盖楼，车辆有了可视倒车雷达，甚至连车底有什么都看得一清二楚……这都是一颗颗"螺丝钉"坚守在工作岗位上，用钉子精神钻研出的成果。而我们能有今天的幸福生活，也都是像您这样无私奉献的革命前辈用热血换来的。

雷锋叔叔，您知道吗？我们的祖国现在正处于一个快速发展的时期，而雷锋精神就是我前进的动力。我要像您学习，遇到困难不退缩，不断学习进步，长大之后用自己的力量为祖国添砖加瓦，在自己的岗位上为祖国的繁荣贡献力量！

　　雷锋叔叔，我想对您说：您永远活在我们心中！雷锋精神永远激励我们前行！

　　书短意长，不尽欲言。

　　　　　　　　　　　向您学习，向您致敬的"小雷锋"

　　　　　　　　　　　2023 年 4 月 16 日

夏日里的收获

炎炎夏日，冰块倒入饮料，蒲扇上下摇动，蝉儿高声鸣唱，万物生机蓬勃，大树郁郁葱葱，花朵竞开示美，鸟儿叽叽喳喳……一切都欢腾起来。

这天，太阳兴奋地将阳光洒向大地，照在人们头上，炎热程度烫熟一个鸡蛋应该不成问题，更别说要在红绿灯路口等上几十秒呢。好巧不巧的是原本该在家悠闲享受假期的我，要去做"交通公益小精灵"。

我站岗的红绿灯路口被太阳一"照"无余，一旁天桥底下的阴凉世界似一双大手逗引着我，此等诱惑很难抵御。但胸前的绶带和红领巾却警示着我，我一咬牙，继续坚守岗位。虽说只有一个小时，但在这火辣辣的太阳下也是难挨。每一次红绿灯的变化都像是一场人间百态剧。无数人从我身旁走过，有的家长只顾低头玩儿手机，后头的孩子到处乱跑；有的人像是捉贼一样，在绿灯最后一秒也要冲过去；有的人好像不认识红色，在红灯时还旁若无人地走过斑马线。不过也有些人习惯很好，自觉遵守交通规则，哪怕是绿灯通行也快步走过；有的还帮助年迈的人过马路，走慢的时候还会跟停在待行线的驾驶员感谢地点点头；有的还会向我微笑挥挥手……

过了一阵子，走来了一位老人，老人的脸上显出岁月的痕迹，斑白的短发被汗水打湿，短衬衣也被汗水浸透了，他腰弯着步履蹒跚，手里擎着一根长长的夹子，簸箕中拾满了垃圾。见他过来我先是一愣，又连忙掏了张纸巾递了上去，老人接过纸巾，擦了擦额头上的汗水，一咧嘴，笑得灿烂。他冲我握紧了拳，上下挥了挥："小姑娘，加油啊！"然后又拍拍我的肩膀，向阳光下的一个烟头走去，我心头微微一震：这不仅是为我加油，也是在为他自己加油！

我在这里当志愿者也只是一个小时的磨炼，而像他这样的劳动者却是日复一日，年复一年。一阵凉风吹过，吹向老人的方向……

一个小时过去了，绶带在阳光的照耀下闪着金光，红领巾随风飘扬，带着劳动者的精神传向远方。

那一次的暑假，让我的心灵得到了滋养和成长，让我的记忆充满了美好和精彩的画面。我期待未来的每一天都能像这个夏天一样充满着收获和憧憬。

2023 年 5 月 6 日

火爆蜂蜜

"近日，一款蜂蜜成为热销产品，各大商场均可以看到人们争先恐后抢购的场景，一起听详细报道……"

从收音机中传出的播报新闻的声音，谁也没有听见，因为人山人海的超市中，连一根针都塞不进去。人们的购物车里堆着小山般高的蜂蜜，一波又一波地送到收银台。扫描仪不停地发出"叮"的声音，表面的温度都要赛过太阳了，服务员嗓子冒烟，对客户们说着："谢谢惠顾！"

很多网民纷纷在网上下单，一单又一单的任务，使快递员变得非常紧缺，各大快递公司开启了"抢人大战"。不少快递员在小区之间来回穿梭，一个小区的保安就见到同一个快递员一天来回进出小区 40 多次。快递小哥们无形之间变成了车队在道路上穿梭，一会儿排成个"人"字，一会儿排成个"一"字……快递公司向各大商场运蜂蜜的货车变成了更大的队伍，有的甚至在同一条马路上肩并肩地排了 4 辆，多条道路因为货车增多导致了路段拥堵，甚至陷入了死循环。

有一只可爱的小蜗牛，也想去商场看热闹，它从一高架上爬了一段距离后下了高架，感慨道："我都下了高架了，和我一起上高架的汽车好像才移动了一厘米，我超了一高架的车！难道我吃了蜂蜜后变成了'急速蜗牛'？"

交警、科学家和中建只能联合起来建造"空中蜂蜜之路"。在将近两个月后，蜂蜜之路投入使用，这大大缩短了运货时间。人们抢购蜂蜜也变得更加疯狂！购物软件开始崩溃，加载好一会儿也不出现什么商品页面；支付系统也陷入瘫痪，系统总是显示"请稍后再试……"

这迫使人们又重回传统的交易方式，银行就成了最火热的打卡地，人头攒动，人们疯狂地排队取现金……各大银行开始纷纷扩大门店和开设新的营业点……

商场也排起了长队，队伍绕着地球赤道排了两圈半，总人数超过了印度人口，人们为了不白跑，就直接在店铺前支起了帐篷。一时间帐篷和睡袋也变成了热销产品……卖蜂蜜的老板数钱数到了手软，手指上的水泡都变成了茧子。卖蜂蜜的人成了全球最高薪的职业。老板的钱已经撑爆了上万个特大保险箱，有些钱只能当作纸巾来用了。

"火爆蜂蜜使多项商品成了热销，钱潮已经到来，由于很多钱币都无法存放，因此，保险箱成为了近期最火爆的商品……"

2023 年 6 月 6 日

时光印记

SHIGUANG YINJI

时 光 印 记
—— shiguang yinji ——

日期	题目	字数
2019.01.19	我的语文老师	221
2019.01.20	夏天	326
2019.01.21	大海 早起 梅花 早睡 竹林 林子 太阳 爸爸 离别 玩具	280
2019.01.22	四季有什么	249
2019.01.23	夏日海滩	252
2019.01.24	美好的回忆	310
2019.01.25	我眼中的美	307
2019.01.26	我的妈妈	233
2019.01.27	下雪了	301
2019.01.28	考级	172
2019.01.29	我的数学老师	283
2019.01.30	买书	334
2019.01.31	逛超市	301
2019.02.01	沙滩	320
2019.02.02	化妆盒	298
2019.02.03	香甜的梦	348
2019.02.04	过大年三十	358
2019.02.05	坐飞机	438
2019.02.06	大马戏	483
2019.02.07	野生动物园	427
2019.02.08	海边	485
2019.02.09	令人难忘的海洋王国（一）	636
2019.02.10	令人难忘的海洋王国（二）	326
2019.02.11	玩具反斗城	387
2019.02.12	玩具天堂	464
2019.02.13	森贝尔梦幻之旅	499
2019.02.14	我的生日	486
2019.02.15	给妈妈背诗	378

日期	题目	字数
2019.02.16	穿越时空——（回古代）	362
2019.02.17	享受	624
2019.02.18	到家了	535
2019.02.19	小兵张嘎	313
2019.02.19	大组装	503
2019.02.20	我的奖励	531
2019.02.21	看中医	637
2019.02.22	我的家	533
2019.02.23	我的梦想成真了	612
2019.02.24	快乐的一天——我和小动物们	524
2019.02.25	两个清晨的故事	500
2019.02.26	我的朋友	507
2019.02.27	上学日记	530
2019.02.28	没有作业的放假三十二天	610
2019.02.28	挑战第一次	332
2019.03.01	我爱美术课	560
2019.03.02	一个小时时光魔法	542
2019.03.03	梦幻岛里的愿望树	514
2019.03.04	神奇海洋	613
2019.03.05	作文之旅	482
2019.03.05	班会	185
2019.03.06	神奇面包与神奇电脑	564
2019.03.07	房子里的俱乐部	558
2019.03.08	你是我的小天使	303
2019.03.09	令人欣赏的阳光姐姐	659
2019.03.10	故事大王来了	544
2019.03.11	神奇的皇冠	595
2019.03.12	两位老师是一个妈妈生的吗	367

日期	题目	字数
2019.03.13	尴尬与笑话	493
2019.03.14	校长的意见	505
2019.03.15	我的幻想树里的滴滴花园	506
2019.03.16	真的有星期八	507
2019.03.17	小金鱼去游泳	561
2019.03.18	讲故事了	514
2019.03.19	时间魔法	415
2019.03.20	金鸡公主	538
2019.03.21	日记本里的事情	455
2019.03.22	嘘！这是个秘密	516
2019.03.23	快乐的星期六	491
2019.03.24	礼物啊礼物，你什么时候来啊	551
2019.03.25	欢唱仓鼠屋	609
2019.03.26	作文里的日记	625
2019.03.27	嗨，真是没办法	577
2019.03.28	我生病了（一）	613
2019.03.29	我在语文书里	675
2019.03.30	我的姥姥和我的妈妈是百变仙子	847
2019.03.31	一个星期的作文	568
2019.04.01	我的一个超棒娃娃	668
2019.04.02	我生病了（二）	673
2019.04.03	有多多的事情	586
2019.04.04	笑笑日记（一）	609
2019.04.05	笑笑日记（二）	608
2019.04.06	笑笑日记（三）	559
2019.04.07	快乐的两天	647
2019.04.08	妈妈爱上了《散落星河的记忆》这本书	570
2019.04.09	我不喜欢星期二	584
2019.04.10	我喜欢星期三	653
2019.04.11	快乐的一天	612
2019.04.12	我的日记	645
2019.04.13	我爱读书	686
2019.04.14	书的大海	612
2019.04.15	我想象当中的星期八	563

日期	题目	字数
2019.04.16	滴滴花园	587
2019.04.17	我是一颗糖（一）	536
2019.04.18	我是一颗糖（二）	655
2019.04.19	我的日记	573
2019.04.20	快乐周末（一）	561
2019.04.21	快乐周末（二）	518
2019.04.22	新的一周	520
2019.04.23	我喜欢今天	520
2019.04.24	可怕的今天	518
2019.04.25	今天可怕吗	517
2019.04.26	无聊的今天	517
2019.04.27	精灵鼠小弟	544
2019.04.28	奇怪的今天	503
2019.04.29	快乐的一天	448
2019.04.30	快乐五一劳动节的前一天	534
2019.05.01	快乐的五一劳动节来了	519
2019.05.02	我超级喜欢今天	531
2019.05.03	今天真的是棒极了（一）	561
2019.05.04	今天真的是棒极了（二）	546
2019.05.05	我的心肝宝贝	527
2019.05.06	今天太好了	518
2019.05.07	运动会（一）	541
2019.05.08	运动会（二）	539
2019.05.09	运动会（三）	527
2019.05.10	爸爸妈妈结婚了	538
2019.05.11	长袜子皮皮	502
2019.05.12	不一样的母亲节	500
2019.05.13	听我讲故事	503
2019.05.14	暴风雨来袭	480
2019.05.15	咪咪学本领	510
2019.05.16	为道德与法治课写作文	402
2019.05.17	青蛙卖池塘	1008
2019.05.18	我的 360 儿童手表	512
2019.05.19	公主与青蛙	514
2019.05.20	我给自己讲故事	548
2019.05.21	动物们开大会	707
2019.05.22	故事宝盒	535

日期	题目	字数
2019.08.03	我的心愿	328
2019.08.04	最好的奖励	302
2019.08.05	妈妈的暑假毛病	341
2019.08.06	百变老妈	302
2019.08.07	社区小义工	307
2019.08.08	唱歌	321
2019.08.09	给自己拔牙	285
2019.08.10	旅行	346
2019.08.11	美丽的夏尔希里	843
2019.08.12	泡温泉	273
2019.08.13	重返《西游记》	657
2019.08.14	游玩八卦城	269
2019.08.15	最美喀拉峻	264
2019.08.16	开学前的疯玩	618
2019.08.17	梦幻水之城	309
2019.08.18	糖果城堡	303
2019.08.19	猫和老鼠	288
2019.08.20	博斯腾湖	291
2019.08.21	火车上的骗局	827
2019.08.22	胆小计	407
2019.08.23	汤姆和杰瑞的故事	501
2019.08.24	魔法变变变	325
2019.08.25	仙境中的魔法战争	304
2019.08.26	作业雨	263
2019.08.27	超级老师	215
2019.08.28	爱吃醋的妈妈	268
2019.08.29	如果	251
2019.08.30	我的幻想	231
2019.08.31	我的同学	315
2019.09.01	观后感《哪吒之魔童降世》	306
2019.09.02	我的体育老师	260
2019.09.03	我爱的东西	225
2019.09.04	上课下课	242
2019.09.05	胡思乱想	405
2019.09.06	逃命	369
2019.09.07	男生女生碰碰碰	279
2019.09.08	君此不意＋此君晚霞	94

日期	题目	字数
2019.09.09	王老师病了	247
2019.09.10	紧张＋读书＋水	85
2019.09.11	十二仙子的故事	366
2019.09.12	抽签大赛	251
2019.09.13	吃面有奖	213
2019.09.14	小豆豆自由记	242
2019.09.15	室内动物园	290
2019.09.16	朋友绝交	248
2019.09.17	我的小记事本	285
2019.09.18	书包最沉的一天	252
2019.09.19	我不喜欢星期四	254
2019.09.20	回忆中的旅游	245
2019.09.21	水晶泥风波	274
2019.09.22	小长假的夙愿	275
2019.09.23	森林音乐会	264
2019.09.24	可笑的我	271
2019.09.25	奇怪的秋天	285
2019.09.26	小长假不喜欢	300
2019.09.27	是上学还是放假	253
2019.09.28	国庆节快乐	283
2019.09.29	蜜宝的一天	267
2019.09.30	文明城市	301
2019.10.01	阅兵仪式	719
2019.10.02	国庆盛宴	680
2019.10.03	愿望的实现	453
2019.10.04	妈妈喝醉了	344
2019.10.05	三小时电影	396
2019.10.06	我的一架时光机	350
2019.10.07	妈妈被衣服吸走了	368
2019.10.08	英语考试的成绩	317
2019.10.09	我家的小猫想出来	304
2019.10.10	生日派对	284
2019.10.11	公开课没了	319
2019.10.12	哎呀	287
2019.10.13	小猪吃了兔面包	329
2019.10.14	公开课上了	254
2019.10.15	写作业最快的一天	357

日期	题目	字数
2019.10.16	气死我了	300
2019.10.17	两个朋友	273
2019.10.18	奇怪的幻想	456
2019.10.19	老毛病又犯了	304
2019.10.20	轮滑课	286
2019.10.21	处罚	294
2019.10.22	时光	266
2019.10.23	妈妈很忙	230
2019.10.24	小猪开超市	296
2019.10.25	不可能的幻想	255
2019.10.26	意外的公开课	287
2019.10.27	小熊的"鱼"店	250
2019.10.28	真是太好了	290
2019.10.29	猫咪掉进"泳池"里	277
2019.10.30	圆脸和方脸	209
2019.10.31	我为妈妈做"怀孕"餐	260
2019.11.01	小虫儿的名字	386
2019.11.02	癞蛤蟆唱歌	344
2019.11.03	两只小鸡	472
2019.11.04	三只老鼠的梦	353
2019.11.05	一支落墨超级厉害的钢笔	322
2019.11.06	奇怪的雨伞	300
2019.11.07	我想哭，但又想笑	329
2019.11.08	我的妈妈	350
2019.11.9	龟兔赛跑	321
2019.11.10	乌龟钱多多	322
2019.11.11	那一次玩得真快乐	431
2019.11.12	特殊的"客人"	402
2019.11.13	钢笔的故事	278
2019.11.14	打针	225
2019.11.15	龟兔赛跑	267
2019.11.16	我们有小妹妹了	393
2019.11.17	滑雪	222
2019.11.18	第一天升旗	197
2019.11.19	升国旗	298
2019.11.20	陶罐子和瓷罐子	209
2019.11.21	两只蜜蜂	327

日期	题目	字数
2019.11.22	黑心，走开！	375
2019.11.23	啄木鸟开超市	348
2019.11.24	美丽的校园妈妈	253
2019.11.25	蚂蚁变形记1	253
2019.11.26	难忘的生日	398
2019.11.27	铁塔中的玫瑰	402
2019.11.28	噩梦之神与美梦之神	311
2019.11.29	我们的数学老师	325
2019.11.30	噩梦	222
2019.12.01	我的想象世界	245
2019.12.02	猫	224
2019.12.03	天天这样就好了	253
2019.12.04	秘密	162
2019.12.05	四季梅	201
2019.12.06	网兜和布袋	429
2019.12.07	小日记与自创诗	233
2019.12.08	洗澡＋乒乓球训练器	168
2019.12.09	秋天的树叶	221
2019.12.10	小黑羊和小棕羊	249
2019.12.11	猜猜她是谁	177
2019.12.12	第一首诗不要紧赶慢赶写不完	160
2019.12.13	心情＋时间的流入1＋时间的流入2	178
2019.12.14	美丽的夏尔希里	200
2019.12.15	我家小猫	184
2019.12.16	错＋有趣的数字"2"	145
2019.12.17	小猫戴眼镜	188
2019.12.18	我的理想	258
2019.12.19	我的学校	205
2019.12.20	唱享未来	228
2019.12.21	美丽的西公园	177
2019.12.22	图形诗——小鱼	56
2019.12.23	好朋友	198
2019.12.24	爸爸的"魔法"眼镜	184
2019.12.25	冰树林子	494
2019.12.26	我们班的数学老师	209

日期	题目	字数
2021.07.09	皇家猫的回归之路（一）	264
2021.07.10	皇家猫的回归之路（二）	368
2021.07.11	皇家猫的回归之路（三）	296
2021.07.12	皇家猫的回归之路（四）	257
2021.07.13	新手表	54
2021.07.14	皇家猫的回归之路（五）	349
2021.07.15	小铅笔	216
2021.07.16	"鱼"	209
2021.07.17	青铜剑	229
2021.07.18	西安历史博物馆	279
2021.07.19	做陶艺	456
2021.07.20	巨浪	406
2021.07.21	喔喔家族	119
2021.07.22	长城	58
2021.07.23	炎炎夏日	129
2021.07.24	升国旗	134
2021.07.25	圆明园（一）	274
2021.07.26	圆明园（二）	644
2021.07.27	水蜜桃	70
2021.07.28	一张明信片	276
2021.07.29	抓小鱼	517
2021.07.30	鱼儿	490
2021.07.31	猫咪传	414
2021.08.01	如果	141
2021.08.02	读《绿野仙踪》有感（一）	271
2021.08.03	读《绿野仙踪》有感（二）	304
2021.08.04	读《爱丽丝梦游仙境》有感	297
2021.08.05	拔牙	55
2021.08.06	读《名人传》有感	293
2021.08.07	读《小王子》有感	265
2021.08.08	读《吹牛大王历险记》有感	280
2021.08.09	妈妈是一朵花	113
2021.08.10	二十年后的家乡	394
2021.08.11	不速之客	394
2021.08.12	大力士	317
2021.08.13	迷你水族馆	370
2021.08.14	滑雪圈	57
2021.08.15	斗地主	259
2021.08.16	读《朝三暮四》有感	350
2021.08.17	读《农夫和蛇》有感	284
2021.08.18	读《狗的友谊》有感	287
2021.08.19	我的梦	289
2021.08.20	欢迎来到动物园	327
2021.08.21	一只金钱豹妈妈	326
2021.08.22	母老虎	266
2021.08.23	一只小青虾（一）	361
2021.08.24	一只小青虾（二）	340
2021.08.25	三个酷哥哥（103）+我妈妈（246）	349
2021.08.26	摘黄瓜	234
2021.08.27	秋天	77
2021.08.28	冬天	101
2021.08.29	饥饿的恐龙	315
2021.08.30	春天	64
2021.08.31	My holiday	130
2021.09.01	游泳教练	309
2021.09.02	我的心爱之物	267
2021.09.03	二十年之后的家乡	250
2021.09.04	入定的感觉	308
2021.09.05	报到	347
2021.09.06	卡默片	286
2021.09.07	英语老师	284
2021.09.08	我的校园生活	246
2021.09.09	一个樱桃胡	324
2021.09.10	鬼	297
2021.09.11	夏天的冰雹	254
2021.09.12	勇敢的试练	294
2021.09.13	一只大嘴鸟	267
2021.09.14	铅笔	77
2021.09.15	月亮	82
2021.09.16	蚊子	42
2021.09.17	早起！早睡！	315
2021.09.18	新校园（一）	298

日期	题目	字数
2022.09.03	晚睡早起	54
2022.09.04	夜间体育课	560
2022.09.05	渡河	462
2022.09.06	简笔画小本	395
2022.09.07	期待的假期（1）周四的渴望	490
2022.09.08	（2）错误的渴望	515
2022.09.09	大千世界——人（二）	373
2022.09.10	月	52
2022.09.11	湖	52
2022.09.12	小小采购员	505
2022.09.13	紫罗兰和兔子	264
2022.09.14	石榴皮皮子	370
2022.09.15	夜色美景	33
2022.09.16	天空中的舞蹈	631
2022.09.17	四不像玩具	472
2022.09.18	我的小变化	420
2022.09.19	天空中的舞蹈	631
2022.09.20	天	25
2022.09.21	读《八十天环游地球》有感	368
2022.09.22	时钟	81
2022.09.23	大黑虫重回江湖	416
2022.09.24	说说我的家人	599
2022.09.25	大黑虫：灭虫队	689
2022.09.26	说说我的家人	430
2022.09.27	《童年》读后感	342
2022.09.28	拔河比赛（草稿）	646
2022.09.29	大黑虫：阳台上	515
2022.09.30	拔河比赛	598
2022.10.01	读《爱的教育》有感	468
2022.10.02	帮老人按电梯	274
2022.10.03	星火班我想对你说	395
2022.10.04	短、大、轻、幽	79
2022.10.05	星火班我想对你说	439
2022.10.06	时间书店	540
2022.10.07	星火班我想对你说（读写绘）	561
2022.10.08	剪发	372

日期	题目	字数
2022.10.09	《爱丽丝梦游仙境》读后感（一）	501
2022.10.10	竹子	520
2022.10.11	读《爱的教育》有感（一）	675
2022.10.12	躲猫猫	440
2022.10.13	在路尽头的长椅上	128
2022.10.14	读书的好处（一）	520
2022.10.15	回家	895
2022.10.16	读书的好处（二）	434
2022.10.17	仙	97
2022.10.18	读《爱的教育》有感（二）	450
2022.10.19	积累让生活更美好	576
2022.10.20	墙里的鼠之城	450
2022.10.21	9 点	380
2022.10.22	劳动课给我的变化	445
2022.10.23	《军犬传奇》读后感	420
2022.10.24	劳动课给我的变化（读写绘）	410
2022.10.25	积累让生活更美好	587
2022.10.26	月光	593
2022.10.27	蚊子斗	118
2022.10.28	风景	112
2022.10.29	《爱丽丝梦游仙境》读后感（二）	415
2022.10.30	收纳让生活更美好	430
2022.10.31	向日葵	67
2022.11.01	夏天的成长	224
2022.11.02	读《汤姆索亚历险记》有感	400
2022.11.03	检查书	90
2022.11.04	小扫帚	70
2022.11.05	冷和热	476
2022.11.06	收纳让生活更美好（读写绘）	402
2022.11.07	这般不容易	406
2022.11.08	水	25
2022.11.09	海底两万里	380

日期	题目	字数
2023.06.17	愚公移山	358
2023.06.18	知而好问，然后能才	425
2023.06.19	亲爱的	393
2023.06.20	游戏计划	473
2023.06.21	龙虾尾盛开的花	491
2023.06.22	端午	46
2023.06.23	老师回的信息	423
2023.06.24	妖怪之最	429
2023.06.25	等	395
2023.06.26	给妈妈姥姥的信	370
2023.06.27	清平乐	57
2023.06.28	为什么要在甲乙两地间往返	501
2023.06.29	微恐	90
2023.06.30	仓颉造字	419
2023.07.01	学问藏在生活里	489
2023.07.02	七色光	548
2023.07.03	复查	379
2023.07.04	包和蚊子	422
2023.07.05	申请单	218
2023.07.06	雨	64
2023.07.07	泡影	465
2023.07.08	吾之名	221
2023.07.09	体验感悟卡	80

日期	题目	字数
2023.07.10	勤于思	321
2023.07.11	爱	46
2023.07.12	阳	32
2023.07.13	营地日记	235
2023.07.14	霞	430
2023.07.15	江南水周庄	951
2023.07.16	巅	964
2023.07.17	文博展	793
2023.07.18	《试飞英雄》荐书稿	624
2023.07.19	饺子	706
2023.07.20	《试飞英雄》荐书稿	302
2023.07.21	加油	50
2023.07.22	家的味道	656
2023.07.23	师长	63
2023.07.24	妖怪之最	482
2023.07.25	人生重要有什么	752
2023.07.26	静上三秒钟	475
2023.07.27	两个过独木桥的盲人	650
2023.07.28	有轨电车	467
2023.07.29	爱	60
2023.07.30	高反	417
2023.07.31	山不在高，有仙则名	424

（小学时光已走过，期待中学时光的精彩……）

294

向阳而生　心怀梦想

　　王籽月是我的学生，我以籽月为傲！在晨曦微露的时刻，我打开了她的文集。鲜活，独特，晨曦中仿佛可以看到她天真烂漫的影子在每一页上跳跃。

　　这个女生并不特别，她就像我们生活中的任何一个普通女生一样，喜欢幻想，喜欢笑，喜欢追逐梦想。她的世界充满了粉色的梦和纯真的期待，我能深深感受到她对生活充满了热情和无穷的想象力。王籽月的文字流畅又富有想象，带领我们去探寻不同的世界。无论是描述美丽风景的散文，还是探讨社会问题的议论文，她总能以独特的视角和真挚的情感触动读者的心灵。

　　我很赞赏王籽月同学对创作的热情和毅力。从刚开始的短诗到后来的散文、小说、童话和寓言等多种体裁，她不断地尝试和探索，让自己的想象力和创作能力不断得到锻炼和提升。

这要感谢王籽月的老师们以及苏州科技城外国语学校给予她施展才华的平台和空间。我们以培养 6C 学子（创新力 Creativity、合作力 Cooperation、沟通力 Communication、博爱 Caring、自信 Confidence、奉献 Commitment）为目标，希望每个孩子都能够富有个性，有自己的爱好与特长。通过在学校的学习和老师们的指导，王籽月同学培养了自己的观察力、思考力和表达力。她通过文字将自己对大自然的感悟、对人生的思考，以及对世界的畅想表达了出来。她的作品既有温暖感人的故事，又有思辨性的诗歌，不仅展示了她的独特视角，也向读者传递了积极向上和温馨的力量。

值得欣慰的是，王籽月同学坚持每天写一篇小文章的目标，坚持了 1600 多天。这种坚持与毅力不仅让她不断积累作品数量和创作经验，也培养了她的自律能力和责任感。这样的坚持和努力，是她成长轨迹的见证和展示。

除了作品的魅力，王籽月在朗诵和主持方面也表现出了卓越的才能。参加"七彩语文讲读演"复赛时，评委老师们给予了她较高的评价，肯定了她在语文领域的才华和努力。在未来，如果给予她代表学校参加朗诵比赛的机会，我相信她一定能为学校争光。

王籽月兴趣广泛，她还喜欢唱歌和表演。她可以用动人的歌声为人们带来温暖和感动，她的演技与表现力充满对生活的追求和热爱。

作为 2023 年度新时代苏州好少年，王籽月用这部作品集向我们展示了一个绚丽多彩的童真世界，让我们看到了一个普通女生的内心微澜，看到了她的梦想，她的成长，她的痛苦和快乐；也让我们明白，每个人都有自己的故事，每个故事都值得被尊重和倾听。

期待着她未来更多精彩的创作，为我们带来更多的思考和感动！

2023 年 9 月 1 日

心　声

　　从 2020 年 7 月孩子有了"出书"的想法，我就陪着她一起将手稿转为电子稿和挑选作品。先是把孩子那些歪七扭八并夹杂着拼音与错别字的手写稿整理成电子稿，后来发现能拿得出手的作品并不多，于是我们就开始慢慢积攒。从这本书中你也可以发现四年级之后的作品是越来越多了，但是她每天都在写，每天作品都在更新。所以这个转为电子稿的工作一做就做了 3 年，也最终把这本书的截稿日期定在了 2023 年 7 月 31 日。

　　孩子是在上一年级的时候第一次用汉字加拼音加阿拉伯数字创作了两篇小作品，后来我就想着给孩子报个写作班培养一下，但是因为孩子识字能力有限，没有办法顺畅地把自己想写的内容写出来。直到 2019 年 1 月，我们上了张新捷老师的灵感写作启蒙课，老师说："总共就 3 节课，后续全靠坚持。"还记得当时张老师分别对家长和孩子做了"三不"

要求，要求孩子写作时"不能想、不能停、不能改"，对家长要求是"不能关注书写，不能说写得不好，不能点评错别字"。这些要求听着简单，但是在实际过程中，孩子很容易做到，而我却非常痛苦。孩子练了两年的硬笔书法，开始限时写作后她的书写就全部放飞自我了；坚持写作10天后，她不知道要写什么但又想冲字数，甚至会写主人公数数，还记得连续几天都有整个自然段是从1数到了100或者是从100倒数到1；错别字那就更不用提了，这个影响是最大，到了六年级上半学期还是错别字乱飞，到下半学期的时候明显好转。还记得三年级暑假的时候有篇文章里她写的"猪母狼马蜂"五个字没有一个字是对的，描写我的时候用的是"它"……我的牙齿磨损估计就是这样造成的。

为了保证我自己不憋出内伤，所以以前很多文章我都是只负责数字数，不关注内容。因此，孩子也没少被我冤枉，有些文章虽然短小，但真的写得很好，可我却因为字数不够而提醒她"明天不能这样！"。后来，在转换电子版的时候好几篇文章都让我泪目，比方说：2019年3月8日那篇《你是我的小天使》。从这篇文章中我才认可孩子对家长的爱真的是远胜于家长对孩子的爱，只是我们做家长的没有发觉而已。

当然，在这样的痛苦中我也看到了欣喜。她为了不让主人公再数数，于是喜欢上了阅读，并且会把语文课本和课外书中的语句或意思用在自己的文章里。在这个过程中，孩子把阅读输入到写作输出的循环功能打开了。慢慢地，她的阅读理解能力也逐步得到提升。

在坚持写作的过程中，她逐渐把写作变成了宣泄和"拍马屁"的工具。在她的文章中，我和十五小的王老师可以说是"动物园中的百变金刚"，一会儿是狮子，一会儿是老虎，一会儿是猴子……还有其他任课老师的形象我都会在她的文章中看到。她把不敢说的话、不敢撒的气都通过写作发泄出来。后来我还发现，她会用写作"拍马屁"。她感觉做错了事或者发现我出现了"低气压"，这时她会很巧妙地用文章或者诗歌来赞美妈妈的美、妈妈的好，我在翻看的时候不自觉地会被她的"马屁文"逗乐，然后调整情绪状态，又让家里充满了和谐和欢乐的氛围。

孩子毕竟是孩子，哪有喜欢多动笔的孩子啊，所以设定好奖励机制尤为重要。在坚持写作的第一年，只要坚持写作满一个月就可以找张老师兑换一个她喜爱的玩具，当然玩具还是私下里我给老师付费的，只是她一直以"把张老师兑换到破产"为目标。两年后，就开始挑战坚持写作1000天，到了1000天的时候，她终于兑换了一整套她喜欢的盲盒。1000天之后她就已经习惯了要每天写一篇小文章了。在这个过程中我们也遇到过阻碍，但我一直对她说："既然坚持了，那么饭可以不吃，作文不能不写。"到现在我还清楚地记得二年级她生病住院时，左手打着吊针，右手握着笔，依旧坚持趴在病床的小桌板上写作文的样子。其实她忍着难受在写的时候我的心也在滴血。出院后，我对她说：生病难受的时候你都坚持过来了，还有什么理由要停止写作呢？就这样一直坚持到了现在。直到要出这本书她请他们学校的曹校长帮忙写后记的时候，曹校长又给她提出了一个新的要求——每天写一篇英语小文章。由于词汇量不足，写英语小文章的时候她都会不停地翻字典，我原以为这个可能坚持不了，但是一个多月下来，她竟然一直在坚持。虽然内容现在还上不了台面，但我还是用精神奖励的方式鼓励她。

说到这里，也许你会觉得王籽月是"别人家的孩子"，就像我也经常看到他们学校那么多优秀的"别人家的孩子"一样。但其实，自己的孩子才是最需要得到家长的认可和鼓励的。所以，不要吝啬你对自家孩子的表扬和鼓励，因为他们是最爱你们的，他们也是最棒的！希望孩子们都能将自己喜欢的坚持下去，我们做家长的就带着奔跑的蜗牛去散步，静待花开！

王籽月妈妈：

2023.7.23.